蜂男孩

薩芙——著 王淑慧——圖

目錄

名家推薦

凌性傑（作家）

小說裡想要結合科學與詩意，是一項艱鉅的任務。《蜂男孩》把這項任務完成得恰到好處，養蜂相關知識穿插在流暢的敘事裡，絲毫不顯突兀。每一章節開頭的引詩，豐富了說故事的層次，與小說內容產生奇妙的呼應。故事中的主人翁有讀寫障礙，他的成長功課便是接受自己的不完美，把自己活成一首詩。蜜蜂習性和人類生存，鋪敘時兩者往往相互對比、映照，筆觸含蓄節制。蜜蜂的存在或滅絕，亦暗示生態系的整體樣貌。作者對蜜蜂世界的描繪，情境相當優美，彷彿一個詩意的宇宙。藉由情境的烘托，故事情節緩慢推進，將精神詩意全部託付其中，相當耐人咀嚼。

黃秋芳（作家）

養兒育女，不是完美主義者的遊戲；生命的艱難，也經常以各種迴異的面目驟然侵臨，以至於大半涉及特殊疾病的少年小說，都以艱難的親緣拔河，挺過曲折起伏，刻意的凸顯出差異和寬容，這樣的對照，更凸顯出《蜂男孩》切入點的獨特性，捨棄討巧的同理探索，把緊扣環保命題的養蜂專業和深邃超齡的哲學思索，藏在「學習障礙」的紗幕背後，形成合理的斷裂和重組，在與眾不同的徬徨、掙扎和奮鬥中，鍛造出充滿說服力和渲染力的盎然詩意，呈現一種朦朧又恰到好處的美感，弭平了悲傷，醞釀出無限希望。

黃筱茵（童書翻譯與評論工作者）

《蜂男孩》以細膩秀麗的文字與微觀卻帶著溫度的視角，描寫畢恭這個有讀寫障礙的孩子，如何慢慢找到運用文字、表達自我的方式，過程艱辛動人。作者對養蜂的生態做了長足的研究，使讀者們由蜜蜂的複眼，看見生態的流變、親情的緊密連結，以及詩與文字最終帶給個體的表述力量。作者深知讀寫障礙者在成長與學習路上的痛苦，在娓娓道出蜜蜂的種種習性時，也彷彿藉由文字的8字形飛舞，深情的呈現男孩對蜜蜂與詩的熱愛，以及作者自己對世界與文學的愛。

水庫
奶奶墓園
爺爺
小木屋
二號蜂場
一號蜂場
TELLING
THE BEES
蜂之屋
TELLING THE BEES 蜂之屋
林務處
員工宿舍
池塘
野薔薇
養蜂鎮簡圖

高爾夫
球場
竹林
簡真家
果園
竹林小學
邱阿公店
蜂農集會場
農會銀行
鎮小學
愛樂莫動物醫院
愛樂莫
動物醫院

1 一個生命接一個生命

我就要動身離去，去茵尼斯弗利這湖心小島，
造座茅草的小屋；泥土，樹枝的籬笆，
再種些豆角，為蜜蜂釘個蜂箱
在蜂聲的聒噪裡獨處。

——葉慈《我以為能與你到老》

媽媽比太陽早起，去養蜂場取蜜，呼喚肚子裡的我——**小畢**。打從媽媽肚子裡，我就愛聽她說畢家的故事。經過十五個夏天，輪我成為說故事的人。我要說的是，蜜蜂與我的故事。

據說我出生那天是母親節前夕，家裡經營的「蜂之屋」網站湧進大量訂單，烘焙室的攪拌機轟隆隆響。全家人不眠不休趕製蜂蜜蛋糕、蜂王乳以及醋蜜。突然，機器喀咔一聲罷工，不知響了多久的電話鈴聲才清晰起來。

「現在？」爸爸接起電話，滿臉驚駭。

突如其來一個晴天霹靂的消息，所有人停下手邊動作。

事發當時，一窩工蜂鑽進小木屋裡，吵鬧、急躁，惹得彎身工作的爺爺跟著跑出去。如果蜜蜂飛入屋裡，代表牠們要通知你，**有人來了**。那群蜜蜂彷彿是虛線指標，在養蜂場上空形成漫畫想像框，嗡嗡聲像警示器。當爺爺氣喘吁吁趕到養蜂場，只見奶奶倒在一池琥珀色的蜜液裡，蜂群已飛走將近一半。

奶奶為何倒下，仍然是一團謎。

爺爺緊急送奶奶到醫院，爸爸和媽媽關好店門，隨後趕去。

月光照亮那一條崎嶇不平的鄉間小路，心急的爸爸飆速行駛，輾過一塊尖石，劇烈的撞擊使媽媽的羊水流淌一地。我迫不及待在母親節出生，可想而知，那場面有多混亂。

一下子，住進醫院兩個家人，一邊是急診室的奶奶；一邊是待產室的媽媽。一邊「手術進行中」急診室的燈號熄滅；另一邊產房的活動門正推開。

媽媽回想起當時的情況，告訴我。「畢家最驚心動魄的一晚，就是你出生那晚。」

——我們盡力了，請節哀——急診醫生告訴守候在開刀房外的爺爺。

——孩子的腦部缺氧，需要早產兒照護——婦產科醫生告訴焦急等候在產房外的爸爸。

一則喜，一則憂的消息，交替傳來，不知該悲傷還是開心的夜晚，全家人在煎熬中度過。

我待在保溫箱，插滿管子四週才出院。媽媽一見到嬰兒就鼻酸，一邊哭，一邊哺乳。我老是啼哭不休。一隻蜜蜂停到我的唇邊，我竟然停止哭泣，咧嘴笑了。只要蜜蜂在我周圍嗡嗡徘徊，我就會安靜的聽。

爺爺說我是被蜜蜂親吻的孩子，將來不是詩人就是演說家。

爸爸把一截皺縮的臍帶放進一個透明的小藥罐，放進冷藏室。他聽說臍帶血的妙用，但付不起高昂的費用。考慮過後，他決定製作肚臍章，為我保留特別的紀念物，並且刻上幾個字——**畢生難忘**。

眉頭緊皺的爺爺必須告訴蜜蜂兩件重要的事：奶奶走了。孫子出生了。

畢家成員的出生、結婚、離家、死亡，蜜蜂都得知道，因為蜜蜂是我們的家人。

治喪得替蜂巢覆蓋上黑紗；喜慶得替蜂巢覆蓋白紗。要是不這麼做，蜜蜂會病懨懨的，甚至離去尋找新的家。最後，爺爺選擇先蓋黑紗，因為蜜蜂見不到奶奶會焦躁不安，而家裡的新成員可以晚一點再介紹給蜜蜂知道。

據說奶奶是生物學家，不曉得她是先愛上蜜蜂，還是愛上養蜂的爺爺，終其一生都在研究蜜蜂。

為我命名時，爺爺翻開奶奶編撰的蜜蜂百科，那是一本奶茶色的布面硬皮書。

爺爺翻開序頁，秀麗端正的鋼筆字，寫著一首佚名的詩句——養蜂人吻了我，蜂蜜的味道讓我知道是他。

左邊是畢家的族譜，爺爺是第一代，爸爸第二代，奶奶預留了第三代的位置，框框裡填寫好孫輩的名字：畢恭、畢敬……

奶奶希望兒孫們待人接物謙和有禮，恭恭敬敬。於是，他們決定身為長孫的我叫畢恭，第二個孩子叫畢敬，以此類推。

這就是我名字的由來。

爺爺告訴我百科裡的神話。「古埃及人相信蜜蜂是太陽神拉的眼淚，落在凡間的靈魂化身。蜜蜂可以穿梭在生命和亡靈的世界之間。親吻你的小蜜蜂是奶奶化身的信使，告訴我們她在天堂安然無恙。」

奶奶走後，爺爺渴望獨自過清靜的日子，住進山間的小屋，距離蜂之屋兩小時的車程，比我們的一號養蜂場多出一小時車程。他以前就不多話，現在更是沉默寡言。他交給爸爸一本奶奶生前編撰的蜜蜂百科，關於蜜蜂所有的領域——農業、食譜、哲學、藝術、文學、歷史神話、戲劇、畢家族譜和奶奶抄寫的詩句。

只不過，在爸爸眼中，奶奶的養蜂人信條——生活是甜蜜——太過美好。

「生活是狗屁。」爸爸累積滿肚的埋怨，不吐不快。

其實我們都心知肚明，沒有詩意，生活難以繼續，我的出生改變許多事情。

年紀大的爺爺沒辦法四處奔走，把養蜂和「蜂之屋」交給爸爸媽媽來做。據說在蜜蜂的世界裡，只有女王蜂能生寶寶，每天都在產卵。工蜂扛起巢內所有的勞動力，而所有工蜂都是雌蜂，雄蜂幾乎什麼事也不做，得由工蜂伺候，寶寶也是由專責的工蜂養育。

當我六歲可以爬坡時，爸爸問我要不要去山上的養蜂場取蜜，送日用品給爺爺。我馬上答應。

天曉得山路並不好走，那窩蜂巢是在一處石壁縫裡，山腰有一大片的蜜源，其中一處理想的蜂場，也是奶奶倒下的地方。爺爺不再來這兒，免得感傷。

「奶奶是蜜蜂叮死的嗎？」

「不是你想的那樣。」爸爸趕緊解釋。「蜜蜂不會主動攻擊畢家的人。」

「那奶奶是怎麼死的？」

爸爸沉默一會兒，看著蜂窩。「或許牠們知道。」

我跳著出門，軟著腿回家。「採蜜真是太難了。」

「我的小男子漢，怎麼這麼快就投降啦。」爸爸拍拍肩頭，蹲下。

「上來吧。」

我馬上跳到爸爸的背上。

路邊的草叢裡傳來嗚嗚的聲音，爸爸撥開芒草發現一隻米格魯。牠全身髒兮兮的，還折了一條腿。

我們決定帶牠去鎮上的愛樂莫動物醫院治療。莫醫師把牠裝上一條義肢，讓牠可以和以前一樣奔跑。

媽媽提醒我們，新成員要有新名字，還要告訴蜜蜂。

她翻開奶奶的百科，首頁寫著一句墨黑的字，並且唸給我聽。

所有喜愛自然的詩人，會為蜜蜂寫詩。所有的蜜蜂都是宇宙的詩人。

我被這句話深深吸引，當個宇宙詩人的夢想在我的心裡不斷發酵。

百科裡有許多關於蜜蜂的詩句，可是那些陌生的字像蜜蜂一樣飛來飛去，沒有聲音。接著，媽媽在藝術類的詞條停下來，逐字唸出。「畢卡索是一位西班牙藝術家……」

「爸爸，叫牠畢卡索好嗎？」

「我沒意見。只要你管得住牠。」

就這樣，畢家不僅養蜂，還有藝術家跟詩人呢。

我們取回來的蜂蜜，變成餐桌上一道道點心。畢卡索在餐桌底下搖著尾巴，最後按捺不住，兩腳搭上餐桌，聞著香味。

「餓了吧？」

牠的舌頭舔著我沾過蜂蜜的手，癢得我呵呵笑。

「別把手交給飢餓的畢卡索。」媽媽警告我。「你想少根指頭嗎？」

我趕緊抽回溼淋淋的手，到流理檯沖洗，再坐回餐桌。

媽媽遞上淋一層金黃龍眼蜜的煎鬆餅配一杯熱牛奶。吃得我滿嘴滑香，再用手背抹乾淨。我坐到窗台前的小茶几上畫畫，那張圖畫紙快畫滿一百隻蜜蜂。

媽媽開始教我認字。我喜歡圖畫不喜歡認字，只等著媽媽說故事。

「很久很久以前，有一個老木匠沒有孩子，他希望孤獨的晚年有人陪伴，便親手做一個小木偶……」

媽媽的手指在繪本上移動，一個字，一個字教我唸。那些字像蜜蜂一樣，在我眼前飛來飛去，惹得我發暈。我朝著繪本揮動拳頭，趕走不斷干擾我的黑點。

「你在做什麼？」媽媽吃驚的問。

「書裡面有好多不乖的蜜蜂。」我生氣極了。

嘶一聲，書頁裂開一條不規則的縫。

媽媽楞一會兒，緩緩吐出口，「小畢，那不是蜜蜂，是注音符號。」

2 什麼是唯一什麼不是

在你看來是錯的，他認為是對的。
對於一個人是毒藥，而對另一個人則是蜂蜜。

——魯米〈穆薩與牧羊人〉

我認得媽媽的寂寞。心裡擺不下任何東西的時候，她會讀詩。媽媽唸給我聽魯米的詩句。我聽不太懂，卻有說不出的喜歡。沒學會認字前，媽媽使用三十七個注音符號的磁鐵板教我拼讀。我

整天握著磁鐵板，熟悉聲母、韻母的形狀。記得學「ㄓ」的時候，媽媽拿出很少用的西洋燭台，放在全家吃飯的餐桌

上，只要我坐上桌，她會指著燭台問我。「這是什麼？」

「燭台。」

媽媽停頓一下，指著注音符號板。「你去把它找出來。」

我把拼字板上的「ㄓ」磁鐵挖出來給她。我並不是第一次就成功，而是記下了燭台的外形，還有媽媽嚴肅盯著「ㄓ」的位置。我只要把磁鐵板與媽媽的視線連起來，就不難找答案。作答完畢。媽媽會遞給我一根叉子，有時是鬆餅或蛋糕做為獎勵。我沒坦白，怕媽媽再也不提示，而我的表現會讓她失望。

縱使期望與失望夾擊著媽媽和我之間不只一次。印象最深的一次打擊，我記得發生在七歲，媽媽帶我到醫院作評估，有各種圖形、顏色、數學、記憶的學習測驗。

醫生仔細向媽媽解釋測驗的結果。「您的孩子早產，腦神經結構和功能造成認知能力上的缺陷。整個評估下來，他的注意力不足，常識測驗也有百分之七十五，智力沒有問題，但有讀寫障礙。」

媽媽的雙手疊加遮住驚訝而大張的嘴巴。「那該怎麼辦？」

「別擔心，就算有讀寫問題，也有人拿諾貝爾獎。透過大腦活化課程，小畢可以用運動、特殊的教學方式得到改善。」醫生仔細說明接下來該怎麼做。

媽媽的臉色變得沉重，好像天塌下來一樣。她甚至不知道該怎麼告訴爸爸，我和他一樣都有學習障礙。但是，媽媽的擔心根本多餘，爸爸聽了並沒有為我難過太久。

「我沒讀多少書，還不是活得好好的。」爸爸覺得沒什麼大不了。

媽媽整天關在房間裡小聲的哭，做家事也會莫名的流淚。

「媽媽，是我把妳弄哭的嗎？」

「噢，小畢，當然不是。」媽媽激動的將我擁入懷中，把問題歸咎自己，陷入難過的漩渦裡打轉。

「對不起。」她低喃道。「讓你跟爸爸一樣辛苦。」

「媽媽，不用說對不起呀。」我捨不得讓媽媽傷心。

她充滿愛憐的仔細望著我，撫摸著我的耳朵和雙手。

「媽媽，謝謝妳把我生得那麼帥。」我可是實話實說。

媽媽彷彿獲得某種神祕的力量，開始以全新的目光看待我。

「媽媽，學習是唯一的事嗎？有什麼不是？」

「要學的東西很多。做麵包是一種學習，養蜂也是。」媽媽破涕為笑。

不管懂不懂，我喜歡聽媽媽說話。媽媽有滿肚子的心事，只說給蜜蜂聽，我都知道。媽媽還說採蜜時，我們只能取走四分之一的蜂蜜，要留給蜜蜂足夠的食物，這樣我們才能跟蜜蜂當一輩子的朋友。

直到上小學一年級的夏天，附在媽媽身上的神祕力量消失了。她在我的國語作業簿前崩潰，因為那些字不在格子裡，也不在底線上，散得很開，甚至不完整。本來我以為寫完作業，顯然不是這麼一回事。媽媽拿著橡皮擦，在簿子上來來回回抹掉痕跡。

「你的筆順是錯的，重來一次。」

「我不要，明明差不多呀。」

「這裡少一撇，那裡少一捺，再來一次。」

「我討厭一直寫字。」我丟開作業簿，坐在地上蹬腿，鬧脾氣。

我無助的吶喊，逼出媽媽的眼淚。

「幾個字就好，先學寫你的名字，名字會跟著你一輩子。」

不只是名字，連阿拉伯數字也折磨我。寫數字的時候，我的「2」

左右顛倒，像隻呆頭鵝。

「媽媽陪著你一起寫。」

媽媽的大手握住我的小手，在作業簿上撇過來畫過去。雖然拘束，不能想畫什麼就畫什麼，但是媽媽溫暖的手此刻只屬於我。

等從鎮小學放學，我沒辦法跟爸爸去養蜂場，畢卡索也被我冷落好幾天。光是要把作業寫完，已經三更半夜。我的生活只剩吃飯、睡覺和罰站。

星期一，國語作業亂寫，被老師罰站。

星期二，數學連連看的線是歪的，也不行。要拿尺對齊，兩線交叉不必轉彎。

星期三，老師示範的紅字比我寫的字還多。

星期四，別人寫一行，我只寫兩個字，不包括擦掉的次數。

星期五，老師在聯絡簿上寫下很多行字，要我給媽媽簽名。班上的同學模仿老師說話手插腰。「畢恭，到後面罰站。」我變成班上的麻煩人物，覺得自己不屬於這裡。明明上學是為了變聰明，可是我卻覺得自己好笨。

就這樣一年過一年，升上二年級、三年級、四年級，說什麼我都不想再碰作業簿，賴在被子裡不想起床，覺得上學真是一件苦差事。爸爸看在眼裡，決定帶我出去透透氣。

「小畢，要一起去養蜂場嗎？」

「當然要。」我等這句話超久了，久到覺得深受委屈。

爸爸往竹林區駛，那是往果園和竹林區的路，剛新建一座高爾夫球場，每週來鎮上的外地觀光客變多。

「媽媽申請的實驗小學終於有名額釋出。只不過，班上的同學不多，好處是作業很少，你喜歡這個安排嗎？」

「我不確定這是不是個好主意。」

「進入竹林前的上坡道，就是你要轉學的小學喔。離養蜂場比較遠，但爸爸可以送你上下學。」

那是一間蓊蓊鬱鬱的校園，沒有圍牆，也沒有鐵柵欄，只有一排冷杉木和修剪整齊的灌木，圍繞低矮的紅磚校舍，還有雜草瘋長的跑道，好像大自然的教室。

「我喜歡滿園的植物，蜜蜂肯定也會喜歡。」直覺告訴我，去吧，去吧。

「是嗎？太好了。」展開笑顏的爸爸發動引擎，轉彎迴車。「走吧，我們去觀光果園。」

在蜜源不穩定的季節，爸爸會移動蜂箱到果園農場一個月。那段期間，小蜜蜂可以吃同樣的花果，幫忙授粉，讓果樹開更多花，結更多果。

我們兜進一間又一間農場，停在一處觀光果園。我跟著爸爸進去農場和主人打招呼。戴斗笠的農場主人叫簡明。他的個子矮小且皮膚黝黑，笑起來的時候，露出紅紅的牙齒。門口有一處飲食販賣部，一個戴著牙套的女孩正在裝瓶蜂蜜飲品。

「小真，去倒點喝的來。」簡明客氣的招呼我們。

她遞給我和爸爸各一小杯試喝的龍眼蜜。

「謝謝。」我一口就喝光了。

我們繼續往裡面的農園走，一整片低矮像仙人掌的植株出現眼前，爸爸和我低頭工作，取回借住一個月的蜂箱。我喜歡在爸爸抽換繼箱裡的蜜脾時，幫忙噴薰煙器，艾草的味道能使蜜蜂安定下來。天氣炎熱，我們的汗水不停從額頭流下來，我聽到翅膀碎裂的聲音。

「唉呀，我踩到一隻蜜蜂。」我用食指碰一碰蜜蜂缺角的翅膀。「爸爸，牠是不是被我踩死了，還有呼吸嗎？」

「蜜蜂是透過氣門，讓空氣進入氣囊的唷。」

「為什麼牠沒有血跡？」

「蜜蜂的血沒有顏色，因為主動脈裡沒有紅血球。」

爸爸撿起那隻可憐的蜜蜂放入掌心，檢查一會兒，判定為「正常死亡」。

我把蜜蜂埋進土裡，願牠安息。

「如果是其他原因造成蜜蜂大量的死亡，爸爸可就損失慘重。因為蜜蜂吃不飽，我們也吃不飽。」

結束工作後，農場主人送我們一大箱農產品作為謝禮。抬上車後，爸爸讓我嚐一口罐子裡的琥珀色蜂蜜。

「猜猜是什麼味道？」

「好像紅糖桂圓茶喔。」味道停留在我的舌尖好長一段時間。

「是火龍果。」爸爸用食指沾一點放進我嘴裡。「一公克的蜂蜜，差不多要採一千五百朵花。」

「我們家的蜜蜂真厲害。」我再嚐一口蜜。「好甜。」

「不過，一隻蜜蜂一生採的蜜量只有一湯匙左右。」

「我竟然一口氣吃光蜜蜂一生的辛勤。」

「所以要注意當蜜量不夠時，我們得調些糖漿餵食，免得整窩蜜蜂活活餓死。」

「我會記住的。」

「火龍果花在晚上開，最佳採蜜時間是早上六到九點，我們的小蜜蜂大清早就出門去採蜜，從沒偷懶。」我打從心裡佩服這些小夥伴。

爸爸發動卡車的引擎，我跳上副駕駛座，我們繼續討論蜜蜂。

「小畢，你知道蜂巢食物不夠時，最先被趕出家門的是誰嗎？」

「唔。工蜂嗎？」我猜工蜂是因為數量最多。

「不是唷，是雄蜂。因為雄蜂天生口器短無法吸食花蜜，需要被餵食。牠也沒有螫針可以保護自己，與女王蜂交配完，牠的一生就結束了。」

「聽起來真慘，我可不希望跟雄蜂一樣。」

「也沒那麼糟啦。平時雄蜂有工蜂伺候餵食，日子可快活了。雌蜂有螫針，毒液可以傷人，一旦使用就會死翹翹。」

我實在太驚訝了。雄蜂一生僅為女王蜂而活。雖然雌蜂很能幹，天生勞碌命，從蜂卵到成為工蜂的每段時期要做不一樣的工作——清潔、餵養、泌蠟、守衛、採集、築巢、搧風——全部包辦巢內的運作。

好險我們家不會這樣。媽媽和爸爸分擔工作，我也會幫忙掃地。真正讓我在意的是雄蜂沒有螫針這件事，雄蜂跟一生只能使用一次螫針的雌蜂相比，都是玩命關頭，沒有誰比較好運，牠們的生命週期往往不超過六星期。

畢卡索一聽到車輪開過碎石路的輾壓聲，立刻興奮飛奔出來，伸出長舌頭，拚命舔我。

我摸摸畢卡索。「我不在的時候，有沒有老實看家？」

畢卡索歪著頭，一臉做錯事的樣子，那閃躲的眼神肯定瞞著我闖禍。

果然，畢卡索的窩裡，多出一條被咬破的黑紗。那條遮巾好眼熟，是爺爺告訴蜜蜂奶奶死訊時使用的。

「壞狗狗！」我趕緊抽出遮巾，拍掉砂土，交給廚房裡的媽媽。

媽媽像氣炸鍋一樣，但不是對畢卡索，而是對我。

「是誰進倉庫，沒把門關好，讓畢卡索有機可乘溜進去，是你，對吧？」媽媽連珠砲似的責罵我。「壞習慣不改，到底要我講多少次才行。」

做錯事的我和畢卡索連頭都不敢抬。

睡前，媽媽來到我床邊，摺疊好白色遮巾，放進五斗櫃抽屜。「別碰奶奶的東西，以後這條白紗巾放在你這。」

我告訴媽媽悶在心裡的話。「雖然我字寫不完，讀不好課文，可是爸爸告訴我每一件蜜蜂的事，我一點也沒忘。」

媽媽露出很久沒有出現過的笑容，親一下我的額頭。

「等會兒說故事給你聽。」

我等這句話等得好久。媽媽發完脾氣，就會對我特別好。

「媽媽，跟我說蜜蜂的故事好不好？」我撒嬌的要求，通常媽媽都會心軟。

「我要說的故事和你有關。你是被蜜蜂親吻的孩子。小小的蜜蜂教會我們很多事情。你知道每滴蜜液都是蜜蜂飛行好幾公里，找遍數千萬朵花兒，每天堅持不懈，儲存下來的。學習也是一樣的道理。你學不會不是因為你笨或不認真，只是學習技巧上有困難，可以使用不同的學習方法跟上教學進度，別輕易放棄好嗎？」媽媽難得說得多。

「要是所有的文字都能發出聲音，那該有多好。」我嘟噥著滿腹怨言。

「有道理吔。我怎麼沒想到可以買有聲書給你聽呢。」媽媽又樂觀起來。

看吧，媽媽總是能幫我解決問題，甜蜜的家永遠需要她。

當我走進蜜蜂教室

3

他們在一起散步，在一起上學校，
蜜蜂老師教他們唱歌，教他們識字，
森林就是他們的大教室。

——楊喚〈森林的詩〉

我喜歡蜜蜂老師和大自然教室。記得轉學到竹林小學讀五年級時，發生許多有趣的事情。

我們班幾乎是女生共和國。班長、學藝、風紀、衛生幹部竟然全是女生，我被陷害當體育股長，真是一件苦差事。每次上體育課前要先去體育組借運動器材，還要帶全班做暖身操，要是我動作做得不對，就會換來他們的笑聲。雖然幹部是票選出來的，好像沒有什麼不公平，但女生只投給女生，哪有什麼勝算。

教室裡只有四排小小的木製課桌椅，散發木質的香氣，牆沿拼貼的馬賽克磁磚是六角形，恰巧蜂巢也是六角形，就像進入一間放大的蜂房。最驚人的是我眼前站著一位活生生的蜜蜂老師。

田覓覓老師有一雙濃密睫毛的大眼睛，細長的手臂，寬襬的下身。教學認真，傳授各種學科知識給我們，跟育幼蜂好像喔。

下課後，我常去盪秋千，搶不到秋千，就去玩溜滑梯。校園裡經常有幾隻出外勤的小蜜蜂飛來飛去，花圃種植幾株扶桑、夏堇和梔子花，旁邊是小小的生態菜園，有地瓜葉、九層塔和朝天椒。我追著小蜜蜂到處跑，發現一處隱密的小角落。嘿，嘿，如果玩捉迷藏，同學們肯定找不到。

歡樂時光總是過得特別快，班導師找媽媽來學校會談。媽媽翻找衣櫃，找出一件最寬鬆的洋裝，好容納她和肚子裡的妹妹。最後抹上口紅、噴點香水。自從嫁到養蜂人家，媽媽很少噴香水，因為蜜蜂不喜歡。

我連續打好幾個噴嚏，吸吸鼻子，皺著眉頭，坐上機車後座，牢牢捉緊媽媽。每經過一處屋瓦，就有人探問。「妳穿那麼正式，要去哪？」

我們繞完大半個校園，找到導師辦公室。

田覓覓老師瘦瘦高高，穿著包臀的裙子，一雙能掃射我乖不乖的透視眼。老師拿出我的作業簿，詢問媽媽。「小畢寫作業有很大的問題，他握筆的方式不對，我教妳該怎麼督導他。」

老師教媽媽要怎麼幫助我注意格線的對齊，怎麼用透明尺協助找出我的問題點。媽媽好像一個年紀大的小學生，站在我的位置與角度來學寫字。我覺得有媽媽當靠山真不錯。

「要是工作比較忙的話。放學後，小畢可以先待在自習教室寫作業。」

「畢恭能遇到田老師真是他的福氣。」媽媽如釋重負。

為了表達感謝，媽媽拿出一大袋的農產品。

「對了，這是我們店裡的暢銷品檸檬蜂蜜水。夏天喝最解暑，開家長會或同樂會，訂我們家的餐盒最划算，還有這瓶蜂王乳也送老師。」

「這怎麼好意思。」

「別客氣，田老師的孩子多大了？」

「一個大學四年級，一個在銀行工作，我現在是空巢期[1]。」田老師坦然的笑。

「女性空巢期更應該要保養。蜂蜜是活著的食物，蜂王乳更是天然的保健食品。這是女王蜂和蜂幼蟲的食物，成分是工蜂的腺體分泌物，吃這個可以保持充沛的活力，站一整天講課也沒問題。」媽媽壓倒性的說服力，讓田老師無法拒收。

放學後，和我一起留下來的還有另外一位女生。她嘴裡戴著齒列矯正器，骨瘦如柴，兩根竹竿腿套進黑白相間的褲襪，搭配水藍色上衣，嗓門非常大。

簡真眼睛滴溜溜的打量我。「哈囉，新同學。」

「我們見過嗎？」

1. 當孩子逐漸長大、離家時，家中只剩父母或獨居的階段。

「真健忘。你來我家果園放蜂，這麼快就忘記啦？」

「啊，原來是龍眼蜜女孩。」

她寫數學功課時需要安靜的環境，否則腦袋容易打結，連簡單的加減乘除，也錯誤百出。

「都發明計算機了，為什麼還要學數學啊？」

簡真把寫壞的計算題揉成一團，塞進嘴裡嚼一嚼，好像這樣有助於消化。

「就是嘛，為什麼非得學寫字不可，用講的不是比較快？」

「其實就算按計算機，我也不知道答案對不對。」簡真喪氣的說。

我挺高興和她有共同點，她數學不行，我寫字不行，我們都有學習障礙。

「你們兩個功課寫好了嗎？」田覓覓老師忽然現身。

我們立刻像小貓一樣縮回椅子，繼續與習題奮戰。

導師教我寫字，不像課堂教的一樣，沒按照順序。她把長相雷同的字擺在一起讓我分辨。

「先學橫的，再學豎的，再來是撇。」

她會用趣味的方式帶領我記憶。一根旗桿當做「一」，再疊一根短旗桿變成「二」，再疊一根長旗桿是「三」，旗桿插起來變成「上」，顛倒過來變成「下」，上下相疊變成「卡」，使用拆字或合字口訣。

田老師提到最好的學習方式，就是把你學會的東西教別人。老師要簡真教我怎麼寫字，要我教簡真怎麼計算。我們彼此覺得對方是超級大麻煩。可是，一想到自己也沒多厲害，就會多添些耐心，當作是共同研究的小夥伴。

半個小時後，老師得去開校務會議，簡真露出小惡魔的面目。

「你身上為什麼總是有一股甜甜的香味？」簡真湊過鼻子嗅聞。

「沒有哇。」

她迅速敏捷的咬住我手臂，我用力甩開她，卻已留下淺淺的齒痕。

「我要報告老師。」我摸著疼痛的傷處。

「你沒那個膽量。」簡真一副吃定我的樣子。

恰巧，田覓覓老師抱著一疊作業簿走進來。「畢恭，你要告訴我什麼？」

「她咬人！」我指著清晰無比的齒痕。

田覓覓老師要簡真向我道歉。

狡猾的簡真道歉完，趁老師不注意，就對我扮鬼臉。

「畢恭，作業拿給我檢查。」

我支支吾吾，不敢交出去。我以為會被處罰，沒想到老師減少我的作業量。「再減一半，減少的字要多唸幾遍才算通過。」

「要我唸十幾遍也沒問題。」

真不敢相信田覓覓老師對我的寬容，跟以前教過我的老師不一樣。

簡真開始收拾書包，催我寫快一點。「只剩幾個字了。快點啦，我好餓。」

爸爸答應五點來接我，卻遲遲沒出現。他鮮少不遵守時間，不曉得發生什麼事情。班導師打電話給媽媽，互通幾句話後結束。「不要緊，我可以順道送畢恭回家。」

後來，我才知道老師家跟我家根本反方向。大人的說法常常不是字面上的意思，甚至相反，比如媽媽對爸爸說討厭的時候，如果臉上帶著笑，那就是喜歡。所以，當簡真說我是個討厭鬼時，真有點毛骨悚然。

我們坐上老師那輛銀色轎車，車內有精油混雜皮革的味道。我和簡真坐在後座，她趁老師不注意時偷捏我一把。本想加倍奉還，剛好班導師從後照鏡瞧著我。「畢恭家裡除了爸爸媽媽還有誰？」

「還有住在山上的爺爺，我的奶奶去世了。老師今天教了『卡』這個字，我的小狗畢卡索的名字裡也有這個字。」

「那你肯定記得住。」

田老師的話鼓舞了我。

車子駛進農場，媽媽提著一盒剛出爐的蜂蜜蛋糕，在門口等我們。

簡真滿臉饞樣浮在臉上。

我下車，來到媽媽身邊。媽媽的右手五指按住我的後腦袋，要我九十度鞠躬道謝，目送銀色的汽車漸漸駛離。

媽媽馬上板起臉孔。「以後只要你不乖，就別想看電視。」

「那今天呢？」

「不行。」媽媽胸中早有不可動搖的答案。

沒有電視消磨時間，我只好去找畢卡索玩。我一次丟一顆狗糧獎賞牠，像餵雄蜂那樣逗牠。

「小畢，快去洗澡。」媽媽設定番茄鐘，時間到就叫我做下一件事。

畢卡索趁媽媽叫我洗澡的時候，直接撲過來，吃光我手裡的狗糧。接著，牠跟我進入浴室，發現我開蓮蓬頭對準牠，竟然想夾著尾巴逃跑。嘿嘿，可惜來不及了。

我們渾身溼淋淋，準備洗澡。我脫衣服時，畢卡索撞翻擱在浴缸邊的洗衣籃，籃子裡的胸罩砸到我的頭頂上。「像不像蜜蜂的複眼？」我搞笑的問畢卡索。

媽媽剛好進來，這一幕讓她抓狂，啪！啪！用力揍我的小屁屁。

「你怎麼這麼皮，都要當哥哥的人了。」

「好痛！」我緊閉著眼，咬牙挨一頓罵。畢卡索真是個災星。

上床後，我睡不著，忽然想起抽屜裡的那塊白色遮巾，拿出來聞一聞。一股熟悉的花香味撲鼻而來，不曉得在哪裡聞過。

客廳的布穀鐘敲響九下。爸爸灰頭土臉回家。我悄悄溜下床，想知道到底發生什麼事情。

爸爸垂頭喪氣的告訴媽媽。「損失情況非常糟糕，蜜蜂幾乎快死光。我不該答應幫忙這些農場園主，帶蜜蜂去授粉的。」

4 交給雨天娃娃吧

因為花朵對於蜜蜂是生命的源泉，
蜜蜂對於花朵是愛的使者，
對於兩者，蜜蜂與花朵，奉獻與接受的歡樂既是需要，也是無比情願。

——紀伯倫《先知》節錄〈享樂〉

失去大量蜜蜂的爸爸非常沮喪，聽到消息的爺爺從小木屋趕回來瞭解情況。一大群人聚在大廳討論後續的解決辦法。

他們認為真正使農產品無法授粉的元凶是薊馬，我們的蜜蜂在這場搶攤中，傷亡嚴重。爸爸因沒有保護好牠們而自責不已。

「都怪我判斷錯誤。」爸爸向爺爺懺悔。

「也不全是你的問題。蜜蜂吃不飽，你才會往外送。病蟲害是我們最害怕的事，沒有良好的花蜜，蜜蜂更加飢餓。如果我們失去所有蜜蜂，糧食也會銳減。誰料想得到會發生這種事。」爺爺長嘆一口氣。

「農會那邊判斷的原因是什麼？」爺爺追問農會幹事。

「乾旱啦。助長了薊馬這種微小生物的生長，牠們躲藏在葉鞘基部，啃食葉片或花果的汁液，大家沒發覺異樣，以為噴灑農藥可以制止。一直噴，一直噴，開不了花，結的果全是空包彈，就算結成果實，也被吸得乾扁，沒有賣相。光是農業損失就不知該怎麼計算。」

大夥兒抬頭望著天空。「要是能多下點雨就好了，一切得看老天爺臉色。」

瞧大人愁眉苦臉，我心情也好不起來。因為下雨是件老天爺才能決定的事，我們又能怎麼辦。

隔天上學，我無精打采，心裡想跟著爸爸去巡視剩下的蜜蜂。我在課本上亂塗鴉，畫天空下雨，蜜蜂開心的模樣。

簡真忘記帶筆，又來煩我。

「你家蜜蜂的事我聽說了。別太難過，雖然台灣的生育率世界倒數第一，但蜜蜂不一樣，牠們很快就會生出一堆孩子。更何況台灣的年降雨量是世界平均值的二點六倍，遲早會下大雨的。」

「妳知道怎麼讓老天下雨的方法嗎？」

「我們可以做祈雨娃娃。」

「快教我怎麼做。」

簡真拿出一條橡皮筋，抽出兩張衛生紙。一張揉成一團球狀，另一張把這團球包中央，束成一個大頭綁起來。她拿走我手裡的黑色簽字筆，畫一張好醜的哭臉。

「像不像你剛剛的樣子？」

「才不像呢。」

她繼續在那顆球頭上畫烏黑的頭髮。「喏，這是烏雲。」

「然後呢？」

「把娃娃倒吊，就會下很大的雨。多掛幾個就會颳風下雨吧。」她用一條線把娃娃串起來，掛在教室的窗戶。

「妳畫的歪嘴娃娃笑起來好陰森喔。」

「敢嫌棄我，不然，你來畫嘛。」

我畫畫可不是蓋的，比簡真好看多了。

「我們去掛在大樹下吧。」我們一起衝出教室。

簡真幫忙祈禱，在胸前畫十字。我也照作一遍。

我們做了十幾個雨娃娃，吊在神祕小角落的梔子花樹，樹上只露出一小截蜂窩，幾隻蜜蜂進進出出。從太陽的方向望過去，牠們飛繞著優美的弧度，像倒下來的數字「8」一樣跳舞。

「你在做什麼？」

「蜜蜂好像在聊天。妳聽。」

「你聽得懂？」

「爸爸說過，牠們用跳舞的方式，告訴其他蜜蜂哪裡有花蜜。」

「是喔，我以為牠們講的是蜜蜂語。」

或許我們做的雨娃娃夠多，老天爺真的應驗，開始起風了。風吹得

雨娃娃盪來盪去，天空的雲朵越積越厚，烏雲漸漸密布。

「我也會倒吊喔。」我兩腿掛在單槓上倒吊，擺出哭臉，惹得簡真哈哈大笑。

簡真的褐色頭髮有蘋果的香氣。蹲下來時，兩手圈成望遠鏡，對準我的臉。

「你眼睛好大，」簡真頓了頓。「好像大頭蜂。」

一隻小蜜蜂嗡嗡繞飛，

停在我手上。

噢，不。我嚇出一身汗，雙手一滑，從單槓摔下來，硬生生碰傷腦袋，血從額頭流下來。

簡真帶我去保健室包紮傷口。保健室阿姨打電話請爸爸來接我回家。我躺在蒼白的休息室內，不斷自問，要是忍不住喜歡簡真，我會像雄蜂一樣馬上死掉嗎？

但這個蠢問題，絕對不能講。

所幸爸爸趕到學校時，我已經沒什麼大礙。

「我們去做雨娃娃，蜜蜂攻擊我們，畢恭差點死掉。」簡真神情激動的告訴爸爸。

「喂，沒那麼嚴重吧。我是自己摔的。」真受不了簡真老是小題大作。

「別誤會小蜜蜂。」爸爸看得出來我沒事，於是機會教育簡真，「要是有蜜蜂停在妳手上，那表示妳要有錢了。」

「叔叔騙人的吧，被蜜蜂叮咬竟然是好康。」簡真嘟起嘴巴。

「走吧。小蜜蜂在哪？」爸爸要我們帶路。

我們四個人一起回到神祕的小角落。爸爸用掃把撥開梔子花樹葉，蜂窩像西瓜那麼大。

「我從沒見過這麼大的野蜂窩，該怎麼處理才好？」班導師傷腦筋表示無奈。

「交給我們吧。」爸爸對我眨眨眼。

導師和簡真離得遠遠的，不敢靠近。爸爸回到車上拿蜂箱，我幫忙噴薰煙器，爸爸提起像一大串葡萄般的蜂巢，輕輕把一團團蜜蜂抖進去蜂箱。

「真是了不起的大發現。」爸爸摸摸我的頭。「現在，這些野蜂是你的了。要好好照顧喔。」

「我的？」我感覺蜂箱在我手裡震動興奮的頻率。

就在我們移蜂窩的時候，雨點啪答啪答滴落下來。

「畢恭，快瞧，真的下雨了，我們做到了！」簡真開心的大叫。

「快上車吧，孩子們。」班導催促著我們。

大雨把我們趕進車內，地面一下子積滿水窪。蜜蜂怕水，容易生病，我也會，得趕緊回家。爸爸輕按一聲喇叭，向班導師道別。

我和爸爸全身溼透，打著哆嗦。雨刷不停的來回刷洗雨水。一路上，我按捺不住心中的疑問。

「爸爸，如果……我是說如果男生喜歡女生，會不會像雄蜂那樣玩完了？」

爸爸一臉促狹的嚇唬我。「有可能喔，你會進入類似假死的狀態，茶不思飯不想，什麼事也做不了，只想著對方。」

我整個人毛孔緊縮，幾乎信以為真。

他爆出一聲笑。「沒那麼容易啦。要知道雄蜂不只一隻，有些雄蜂得沾上特別的花香，才能博得女王蜂的青睞。在只有一隻女王蜂的情況下，很多雄蜂都是孤獨死。」

聽了爸爸的解釋，我心中五味雜陳。

「怎麼聽起來不管單身或婚飛都有點淒涼。」

「蜜蜂的獻身是淒美的史詩。」爸爸特別強調。「沒有怎樣過才是最好。」

我猜雄蜂奮不顧身追求女王蜂，是因為不管怎樣都會死亡，與其一事無成，不如轟轟烈烈死去。或許，也有例外。

5 妥當的築巢要件

在這小小的蜂巢裡
蘊藏著那種蜂蜜的暗示
既可把現實變成夢想
又能把夢想變成現實

——艾蜜莉．狄金生

詩是我探索未知世界的推動力，我要當個宇宙詩人。

爸爸告訴我巴拉圭有一則創世紀神話——有一隻神鷹瞧見人類只要彎個腰就能喝到甜美的蜂蜜，便向造物主告狀。造物主怕人類不勞而獲，因此將蜂蜜藏進樹穴，以後人類沒有努力是取不到蜜的。

「那造物主現在還以為人類能那麼簡單拿到蜜蜂嗎？」

「現在的造物主讓蜜蜂漸漸消失，要我們反省是不是虧待蜜蜂。只要善待牠們，牠們也會回饋我們。」

爸爸和我首先安置新的巢框，與家裡的蜜蜂保持距離，避免走錯家。我試著找找巢內的女王蜂待在哪裡。

「摸了半天，我找不到女王蜂。」

「你確定？我來瞧瞧。」爸爸反覆確認好幾回。「真的都是體型嬌小的工蜂或雄蜂，就是沒有女王蜂。不曉得是在移巢時飛走了，還是這個野蜂巢一直沒有培育新蜂后，判斷不出小蜜蜂們失去蜂后多久，再這樣下去，恐怕不妙。」

「沒有蜂后，蜜蜂會怎麼樣？」我擔心的追問。

「如果沒有蜂后，蜂巢就會漸漸弱群，沒有士氣的蜜蜂，活不了多久。」

「該怎麼辦呢？」

爸爸想不出好辦法，只好打電話向爺爺求救。

「爺爺要我們三天後，到小木屋去接蜂后。」

「哪來的蜂后？」我滿腦子疑問。

「你說呢？」爸爸神祕的賣關子。

三天後，我們依約前往爺爺的小木屋。很久沒見到爺爺的我，一跳下車，邊跑邊喊：「爺爺，我們來了。」

從倉庫探出頭來的爺爺，拿出一個不大不小的蜂盒，盒子裡有一塊隔板。他把盒子交給我放進背包，叫爸爸扛起登山繩索。

「我們走吧。那處山壁很危險，沒什麼人去過，你們要跟緊點。如果取蜂失敗，我再找找看，千萬別勉強。」爺爺叮嚀我們。

我有點緊張，眼前的森林好像迷宮，每棵樹都很像，但每棵都不一樣。這座森林孕育著無數的野蜂群，山風時時刻刻在耳際低語，腳下的地衣相當溼滑，一整片綠意中，只能靠爺爺辨識路徑。

「好像有人走過這條路？」我問。

「不，那是獸徑。」

「除了女王蜂，等會兒記得捉幾隻工蜂。如果蜂房找不到，很有可能新蜂后正在孕育中。」爺爺神祕兮兮把食指貼在嘴唇。「噓——」他勾勾手要我們悄悄跟過去。

那是相當高的山壁，崖面鬆散，想要攀爬上去並不容易。對安全性來說，那真是個好地方，連黑熊都爬不上去。

爸爸背著王籠，繫好攀繩，一步一步靠近懸掛在山壁上的蜂巢。偶爾會有落石，引起幾隻工蜂出來察看。爸爸很有耐心的貼在山壁上，等蜜蜂鬆懈防衛。我和爺爺躲在草叢中，屏息以待。

「爺爺，你經常來這裡嗎？」

「以前我和奶奶會來這裡尋蜂，找野蜜，來這裡放蜂，讓蜜蜂吃點不一樣的花蜜。」

「所以是祕密基地囉。」

「沒錯。只有我和奶奶知道這裡。」

我突然驚覺這裡是奶奶的墓園，在這片綠意盎然的山腰旁。

「我也喜歡這裡。」

爸爸費了一番工夫翻找，果然新蜂后才剛從蛹變成蟲。

我們把新蜂后放進十公分見方的王籠裡，加上六隻一起陪嫁的工蜂。一整組微型的蜜蜂團體。

「爺爺，你怎麼發現牠們的？」我既開心又擔憂。

「山壁旁有一整片波斯菊，那附近肯定會有蜂巢。築巢有三個要件，照得到陽光、淋不到雨、狂風吹不到。那麼就只有那面山壁了。果然，不止一處蜂窩，這片山谷是授粉昆蟲的樂園。只不過這隻年輕的野蜂后原本住的地方太小，剛分蜂完成，成群不多。」

「什麼是分蜂？」

「當一窩蜂巢，出現兩隻女王蜂時。通常年紀大的女王蜂會帶著想跟隨牠的蜂群離開。不過，被留下的這隻新蜂后的個性堅強，野心不小，應該很快就會建立龐大的蜂群。」爺爺說。

「牠真的能成為學校那群野蜂的女王嗎？」

「你想想，班上的女生每個都合得來嗎？」爸爸提出一道觀察題。

「她們有小團體，像簡真就喜歡獨自行動，與邱婷婷那一掛的井水不犯河水。」

「在蜜蜂的社會裡，蜂群失王愈久，介王失敗率愈高。你們要有心理準備，一旦介入蜂王的紛爭，有可能衍生一場內戰。」爺爺千交代萬交代。「合併蜂群一定要在陽光普照的日子，雙方心平氣和非常重要。」

我心裡唉聲嘆氣，覺得時機不對。才向老天爺祈求下大雨，現在又祈求祂放晴，老天爺有多為難呀。

爸爸猜出我為何一臉苦惱，打趣說道。「弄個晴天的娃娃吧。倒吊是雨天，掛正就是晴天。」

「對厚，我怎麼沒想到。」

走一趟山間，我心裡有個疑問。「爸爸，為什麼蜜蜂要分蜂呢？」

「有兩隻女王蜂或是空間不夠的時候，自然就會分蜂喔。至少有三分之一的工蜂會跟著離去。」

「既然一間蜂巢容不下兩隻女王蜂，需要分蜂；可是我們不是蜜蜂，為什麼爸爸要分家呢？」

「爺爺喜歡過自在的山林生活，而且我們的房舍本來空間就不夠呀。」

「妹妹出生後要睡在哪？」

「先和你共用一個房間。」

「我們什麼時候才有大一點房子？」

「小畢，就快了。」爸爸悄聲告訴我。「跟你說喔。爸爸有個擴大養蜂計畫，只要向銀行申請貸款通過，就能租更大的養蜂場，買更多的蜂箱，再過不久，我們就能蓋一間大房子，接爺爺過來住。怎麼樣，聽起來很棒吧？」

「超棒的，畢卡索會有狗屋嗎？」

「那當然。我們會有一間很棒的車庫跟農具間。但是，記住一件事，先別告訴媽媽，我們得給她一個驚喜。」

「沒問題，我什麼也不會告訴媽媽，也不會告訴蜜蜂。」我為爸爸的計畫興奮不已。

6

你聽，蜂群起內鬨

我現在是馬利筋[2]的穗鬚，蜂群察覺不到的。
牠們不會嗅到我的恐懼，我的恐懼，我的恐懼。

——普拉絲〈養蜂集會〉

每個月養蜂人都有集會討論各種推廣工作，爸爸都會帶我去參加。

2. 蜜源植物，夾竹桃科，有毒。

我們會吃到各種不同的農產品。

集會結束後，我和爸爸目睹一件奇怪的事情：從校園帶回來的蜂群出現內鬨。

起先是一隻翅膀受傷的工蜂，完全不能飛了。我試著把受傷的小蜜蜂放回蜂巢，沒多久，牠又被轟出蜂巢，所有的蜜蜂姊妹都不讓牠進去，任由牠孤零零的流落在外。

「爸爸，為什麼其他蜜蜂要這麼殘忍對待脆弱的同伴呢？」我簡直不敢相信。

「受傷的工蜂不能工作，蜜量有限的情況下，就會淘汰弱者。」

「爸爸，我想照顧這隻可憐的蜜蜂。」

「既然你堅持，那好吧。你得知道蜜蜂離開蜂群活不了多久。不過，城市裡也有許多獨居蜂，只要沒餓著，就活得下去。」

我幫牠取名為B_{12}。那是我目前寫得最正確的字。

放在花朵上的B_{12}，病懨懨的動也不動，我只好帶回房間照顧。原本我餵牠一比一的白糖水，可是牠一口也不碰。突然，我瞄向媽媽送給老師的保養聖品，只好冒著挨罵的風險，偷拿一罐貨架上的蜂王乳，再以三比七的比例調出蜂蜜水，用滴管一點一滴餵。在我耐心的餵食下，B_{12}終於慢慢恢復元氣。

「這樣不行喔。妳根本就是個吃貨，不是好料就不吃耶。」其實我老早打定主意整罐餵光光，最好一滴也不剩。

從以上跡象看來，B_{12}不像其他嗡嗡飛舞的小蜜蜂——牠的氣味濃烈，安靜得出奇——我猜牠不是一隻普通的工蜂。

隔天上學，我立刻察覺教室裡的氣氛變得不一樣。

奇怪，女生們聊天的聲音怎麼靜得突然。

自從我和簡真走近後，就被歸在她那一國，所屬的階級是奴隸，她不想做的事——擦窗戶、拖地板或掃地——通通丟給我去做。

另一國也不好相處。身材高眺的邱婷婷，眼瞳像夜一樣深邃，散發著壓倒性的氣勢，老是對簡真冷嘲熱諷，兩人常常意見相左。

邱婷婷出奇招，竟然提名我參賽這次的校際作文比賽，讓簡真氣得跳腳。

「為什麼要陷害他？」簡真憤憤然站起來，認為這不是好主意。

「難道只能提名妳嗎？」邱婷婷反問。「妳怎麼知道他不願意。」

「可是他、他有……」簡真的話到嘴邊，卻止住了。

「說啊，有什麼？」邱婷婷一臉不耐煩的催促著。

趁簡真還沒把我的祕密說出來前，我開口打岔。「你們別吵了，我願意試試。」

「吼，想救你，結果自己往坑裡跳。」簡真撫住額頭，受不了我的愚蠢。

「自我挑戰不是一件值得鼓勵的事情嗎？」

「是啦，是啦，隨便你。」

真不懂簡真為何抓狂，她到底在氣什麼？

最後票選結果，老師宣布。「邱婷婷字音字形比賽、簡真演講比賽、畢恭作文比賽。請大家掌聲鼓勵。」

原本我在班上沒有存在感，現在竟然有了。

放學後，自習室的氣氛變不太一樣。不管我發出什麼聲音，簡真完全不想搭理我。

「妳怎麼了？」

「要你管。」簡真一臉不開心。

簡真嘴裡好像有根隱形蜂針，要是惹火她，隨時都可能被攻擊。媽媽說要是遇見毒舌的人，就把蜂蜜塗在他的舌頭上。於是，我小聲問簡真。「要吃一塊蜂蜜千層蛋糕嗎？」

我把蛋糕遞給簡真，最後她還是不敵甜點的誘惑。

「真拿你沒辦法。這本常用字詞典借你啦。」簡真從抽屜取出一本作文範本。「這是我上次被陷害參加作文比賽的時候用的。你每天至少要讀一篇，才有機會寫出作文吧。」

「不是吧，這本比國語課本還要厚。」回到現實層面，我忽然湧上一股壓力。

「不過，作文比賽有個好處是可以帶工具書。」簡真氣乎乎指出我要命的缺點，「偏偏你的錯字連篇！」

簡真攤開我的作業簿，拿出一面鏡子，讓我的錯誤現出原形。她指作業簿上的鏡像文字。

「你的『片』寫成『爿』、『甜』寫成『甛』。」

「妳知道我有閱讀障礙？」

「早就知道了。要是你害怕出糗，趕快和班導說你要棄賽。」簡真為我找台階下。

「嘿，要是換妳來學我會的字，也不容易吧。別擔心，我分得出簡『直』跟簡『真』哪個是妳的名字，而且我保證不會寫錯。」

「會寫我名字有什麼用。你想挑戰的話，下次我會搶先在邱婷婷舉手之前，送你去演講比賽。」

雖然簡真和邱婷婷的個性凶巴巴，好勝心強，但私底下兩人都是善良的女生。

「欸，簡真，妳知道有些蝙蝠會模仿蜜蜂的聲音嗎？」

「我不知道。倒是你學得很像。」

「別這麼說嘛，假裝自己是一大群蜜蜂裡的其中一隻，對我來說並不容易。我跟妳說喔。當一群蜜蜂出去尋蜜，為了傳達位置，記憶某個地方或蜜源，牠們會跳舞傳遞給其他夥伴。學習語言是為了溝通，好讓別人明白我的想法。我只想坦然面對自己，不想被大家貼上不合群的標籤。」

「那你偽裝得還不錯。」簡真一臉不在乎。「你想加入哪個小團體我沒意見，只要願意融入都是好的開始。」

「要不要再來一塊蛋糕？」

「好呀。多多益善。」簡真吃得滿嘴香甜。

蜜蜂教會我一件事——如果你不會說甜言蜜語，最好一句話也別說。

7 介王的紛爭

我原本可能成為
不那麼離群的事物。
來自蟻丘、魚群、嗡嗡作響的蜂群的一分子，
或被風吹亂的景色的一部分。

——辛波絲卡〈在眾生中〉

今天是奶奶的忌日，媽媽準備祭品時，發現我幹的好事。

「小畢，不准拿客戶訂的蜂王乳去餵B12！」媽媽非常生氣，正傷腦筋該怎麼賠償客戶的損失。好險媽媽沒空繼續罵我。

待在巢箱裡的蜂后有些不安，蜜糖磚吃得飛快。這幾天老是下著小雨，附近的花叢溼淋淋的，校園的野蜂群也顯得慵懶。

好不容易天氣放晴，地面乾燥。爸爸認為今天是個好日子。

他拿出爺爺製作的王籠，那是一個有木隔板的鐵盒子。我和爸爸必須合作無間，蜂后不能待在他掌中太久，我也不能噴煙過多，要是誰手拙引起蜂群驚嚇，可能會發生圍剿蜂后的可怕場面，到時候誰也無法收拾。

爸爸小心翼翼移除那些陪嫁過來的小姑娘們，耐心把待在鐵籠裡的蜂后移到新造子脾的巢框內，再置入無王的巢箱裡。籠中籠的設計，是為了保護蜂后不被老工蜂們包圍螫死。

假設這幾天，有工蜂願意透過鐵籠餵食蜂王，就表示成功。

孤獨的蜂王在王籠裡打轉，我感到不妙，周圍的工蜂像團綿球似的衝上去。爸爸也有些不知所措，趕緊把巢框抽出來。我擠壓薰煙器噴開那團蜂球，都毫無用處。爸爸趕緊拎著巢框放進水桶裡，蜜蜂才漸漸散開。我們走近察看王籠裡的蜂王，好險還活著。

「要是我們失去牠，整個冬季將沒有儲蜜，缺乏烘培糕點的原料。」爸爸頹坐在地上，說不出話來。

這種事我也不知道該怎麼辦才好。我們回到家裡，媽媽見我們垂頭喪氣就知道介王失敗。媽媽勸爸爸向爺爺求助。爸爸有些猶豫，最後還是硬著頭皮打電話給爺爺。

那是一通漫長的對話。

經過兩天的沉默，爸爸決定再試一次。

「我們得讓新蜂王噴點香味。」爸爸拿起蜂蜜水。「這瓶是野蜂群的食物，將來要住在一起的話，就必須要氣味相投。」

接著，爸爸在蜂王的身上點了紅漆。

「為什麼要漆紅色的呢？」我好奇的問。

「按照國際五色法標記，二〇二三年是紅色年，這樣我們就能知道牠的年齡。」爸爸提醒我。「但是，可別問成年女性的年齡喔，那永遠是不好說的祕密。」

「是喔。爸爸，那明年出生的蜜蜂是什麼顏色？」我好奇地問。

「綠色。再來是藍色、白色、黃色，再輪回紅色。」爸爸扳開我的手指頭，在上面漆上五種不同的顏色，好讓我記住。

爸爸噴在工蜂身上，工蜂很有效率舔除蜜水，爸爸再噴一些在巢框和蜂王身上。

這一次，工蜂們沒那麼躁動了。有幾隻工蜂率先驅前舔淨新蜂王。慢慢的，一隻接著一隻。

最後牠們接納了新蜂王。

「只要有工蜂開始餵牠，我們就不必太擔心。」爸爸顯然鬆一口氣。

爸爸拿出一罐紅色的噴漆，也在蜂箱上做標記。大大的紅色顯眼又喜氣。

經過一整天的介王，我早就累得像條狗一樣，爬上床睡覺。

「媽媽妳今年幾歲？」

「問這幹麼？」

「爸爸說問成年女性的年齡是禁忌，是真的嗎？」

「你爸爸想知道哪個女性的年齡嗎？」媽媽試探性的問。

「女王蜂。」

媽媽坦然一笑，「當然，永遠別問。」

「媽媽，為什麼小蜜蜂接受新蜂王會那麼難？」

「要是家裡來一位新媽媽，你會高興嗎？」媽媽拉起我的棉被，替我蓋好。

「我才不要什麼新媽媽呢。」

「那就是了。快睡覺吧。」

熄燈後，我沒把埋在心裡的想法告訴媽媽，她有太多忙不完的工作，擔不完的心。說不定，她從台北嫁到養蜂鎮，恐怕跟我一樣也有適應的問題。果然，維持一個家庭和維護一個蜂巢一樣不容易。

蜜蜂讓我明瞭團體生活總是有許多不得已。我轉學到新學校時面臨陌生的環境和不熟悉的同學，再加上我害怕一開始沒被班上同學接受，會遭遇料想不到的孤單。融入群體從來不簡單。

8 消失的字形，浮現的友誼

生命就是奇蹟，而死亡如蜜蜂一樣無害，
除了那些逃跑的人……

——艾蜜莉．狄金生

教室裡朗朗的讀書聲，如同一波波的聲浪，富有節奏。只要我模仿蜜蜂那樣，跟著同學們唸，便分不出我和其他人有什麼差別。然而閱讀寫字對我來說，仍是一件困難的事，真害怕大家發現我有學習障礙，那是個討厭的標籤。

越是害怕，我就越管不住自己。

以前在鎮小學的時候，我會忍不住發出怪聲干擾大家上課，要是不那麼做，我會覺得距離他們的程度越來越遠。偶爾調皮搗蛋，他們還能忍受，要是做得過頭，就會被老師罰站在教室後面的布告欄。

來到竹林小學，田覓覓老師對我的不乖採取「獎賞制」，她安排我坐在功課好的邱婷婷旁邊，請她監督我的功課，就算我不專心，不斷發出噪音，她也不動如山，絕不會受我影響。

「大家一起唸課本第十頁課文。」

只要是田老師的課，我大氣不敢吭一聲。她常常讓大家念課文，讓全班的精神集中，不至於昏昏欲睡，讓學習落後的我比較跟得上課程的步調。

我發現一件好玩的事物。課本裡那些印刷字，像一塊塊零件在我眼前移動。有些缺一角，有些補一點，我忍不住拿起剪刀，把作業簿上寫的字一一剪下來打亂。

我剪下來的字，移上移下，排列出句子。那些句子讀起來沒有意義，有點抽象，卻富有詩意。我把字排列成圖案，一朵花或是叉子之類的物件，我不去讀它，只是隨意把字放到適當的位置，玩得不亦樂乎。

簡真悶不吭聲來到我旁邊。「你在做什麼？」

「用字拼圖呀。」

「這是個圓圈嗎？」

「好眼力。」

「要從哪裡開始唸呢？」

「都可以，開心就好。」

「沒頭沒尾的循環有什麼意義？」

「不需要意義，這是一種快樂。」我管不了那麼多。

簡真模仿我排列那些詞條，臉上浮現一抹新奇的笑容。「沒想到文字亂組合這麼好玩，唸起來跟課本裡的不一樣，內心卻爆出被撞擊的火花。」

「那就是詩。」我神祕兮兮的告訴她。

那些曾經讓我們頭痛的文字，忽然間變得趣味橫生，甚至全班同學熱烈加入一起造句的活動。

每個人剪不同的字，放在桌面上排來排去，不管怎麼排，大家都不怎麼滿意。

「你們到底在幹嘛？」邱婷婷靠過來瞧我們的小玩意。

她幫忙固定住幾個字的位置。「這幾個字都別動，其他的交給你們排。」

最後，我們排定好的詩句，交給簡真用膠水一一黏在圖畫紙上。我頭一次和同學開心的玩在一塊。那首全班一起完成的詩，歪七扭八釘在教室後面的布告欄。

夏在空中飄
地落成奇鳥
不會也不是
全都託你好

「好好笑喔」、「要怎麼唸啊？」、「什麼鳥啦？」同學們七嘴八舌討論。有些人想把「鳥」改成「島」；有些人想把「好」改成「老」，一字蓋過一字，圖紙越來越臃腫。

想不到每個人都想插一腳。詩被改來改去，變得莫名其妙，唸起來怪里怪氣，可是我阻止不了這股狂熱的創造力。

直到田覓覓老師進教室，問我們到底在吵什麼。她驚見這首「班詩」之後，忍不住讚美。「哇噢，沒想到我們班的小詩人那麼多。同學們，誰知道詩裡面藏了哪些韻腳？」

只見邱婷婷立刻舉手回答，「ㄠ。」

「沒錯。」

我開始對那些能讓文字發出聲音的注音符號感興趣，原來字音字形可以這樣玩，而詩的體驗是那麼美妙。

可惜我破壞作業簿踩到老師的底線，仍逃不過被處罰的命運。沒關係，這種小事才打不倒我呢。下次，我會排出超棒的詩句。

回家後，我立刻去翻蜜蜂百科，央求媽媽多為我唸幾首詩。

「上次唸到哪裡呢？」

翻動時，不小心從書頁裡掉出一張泛黃的紙，畢卡索用溼鼻子聞一聞，引不起興趣，反倒是我被紙上的兩個疊字吸引。我拉拉媽媽的衣角，遞給媽媽看。

「這是關聖帝君廟裡的籤詩。是下下籤呢。」

「什麼是籤詩?下下籤又是什麼？」

「籤詩就是神明給的答案，下下是運氣比較不好的籤，提醒信眾要警覺周遭的人事物。」

「可以唸給我聽嗎？」

「世間萬物各有主，一粒一毫君莫取，英雄豪傑自天生，也須步步循規矩。」

「什麼意思啊？」

「大概的意思是做好自己的事，別碰別人的東西之類的吧。也不見得真的會碰到壞運氣，下下籤可以在廟裡化解的，別擔心。」

「不對呀。那為什麼奶奶要帶回來呢？」

媽媽也弄不清楚。「反正廟裡的下下籤比大吉大利的籤還多，沒事別去求來嚇自己。」

原來詩也是一種命運。要當個宇宙詩人，果然得學習很多東西呢。

「媽媽，我好想為妳寫一首詩。」

「你想寫詩的話，來，用這個吧。」媽媽掏出她的手機。

「真的嗎？」我開心的跳起來。

媽媽教我怎麼使用智慧型手機上的麥克風。「有不會的字就去查。手機也可以唸給你聽。」媽媽示範一次，幫我設定介面。

「來說幾句話吧。」

「哈囉，你好嗎？哈哈，哈囉。」我連續說。

結果出現一堆沒有標點符號的字。要是我的發音模糊不清楚，就會產生錯別字，我說「酷」，卻出現「醋」，好好笑喔。

當我喊蜜蜂，手機就去查非常多關於蜜蜂的詞條，真是太神奇了。我好像蜜蜂採蜜一樣，去採擷粉狀的知識，咀嚼後，轉化珍貴的智慧。難怪蜜蜂能持續不斷的辛勤工作。

媽媽提醒我一點。「你試試用智慧鏡頭搜尋，不會寫的數學題說不定也能找到答案。甚至你也可以像奶奶一樣寫蜜蜂百科。」

媽媽一連串的建議在我耳朵嗡嗡作響。我的腦袋像蜜蜂一樣忙碌，迫不及待讀我查到的古希臘《伊索寓言》，用語音播放關於蜜蜂的故事：

> 蜜蜂不想讓不勞而獲的人類拿到蜂蜜，請求宙斯讓牠們長出刺來，螫死那些盜賊。可是，萬能的宙斯覺得蜜蜂防盜的方法太過狠毒，於是設下一條限制，讓牠們只要螫了人，就會失去刺而死亡。

宙斯的裁決，也是有道理。要是你想傷害別人，緊握的利刃最後總會刺向自己。

畢卡索在我身邊打轉好久，有點失落趴在我腳邊，等我找牠一起玩耍。牠似乎知道我手裡的東西會是搶走主人的勁敵，最後乾脆閉起眼睛睡覺。

9 奶與蜜

這世界，我是王，蜜蜂來為我獻唱……

——史蒂文森〈我的王國〉

九月時節，附近的柚子園陸續開花結果，陣陣的微風吹過夾帶甜甜的果香。

介王之後沒多久，工蜂開始餵食新女王，爸爸就把王籠拆掉，安心讓牠們親近女王蜂。我們的新女王被蜂群簇擁，工蜂不斷用觸角摩擦牠的身體，想記住女王的味道，表達對新女王的忠誠和崇拜。

「爺爺選女王蜂真有眼光。」我真心感到佩服。

「選媳婦的眼光也一樣。我跟你媽是相親結婚的。」

「然後爸爸就跟媽媽婚飛了？」我追問。

「咳，人和蜜蜂不一樣喔。」爸爸一掌拍中我的後腦袋。

我盯著爸爸操作搖蜜機，出口不斷流出金黃的蜂蜜，心中也跟著閃閃發亮。

就在我跟爸爸聊過後沒多久，記得是一個晴空朗朗的日子。年輕的女王蜂從巢中咻的飛出。

我焦急的大喊：「爸爸，女王蜂飛走了。」

正在換繼箱的爸爸抬頭一望，女王蜂在一棵柚子樹上徘徊，牠身上醒目的紅色記號轉啊轉，一下東，一下西，巢內飛出來幾隻蜜蜂也跟著牠，一下東，一下西，弄得我頭眼昏花。

「真搞不懂，蜜蜂也愛玩鬼捉人嗎？這種你追我閃的遊戲到底要進行多久？」我打趣問。

「要看跟誰玩啊。」爸爸笑得合不攏嘴。

我仔細瞧那些小蜜蜂的屁股，發現沒有螯針，才恍然大悟，牠們是雄蜂。

「牠們正在進行求婚進行曲。」爸爸要我猜，「你認為哪隻雄蜂能贏得女王心？」

「雄蜂都長得差不多呀。女王蜂到底會喜歡誰？」

我發現有一隻雄蜂跟其他不一樣。牠沒有盲追女王蜂，而是飛到野薑花叢裡，真是太奇怪了。

「爸爸，雄蜂不用採花蜜，不是嗎？」

「但是你仔細瞧，剛剛那隻雄蜂有特別的理由。」

「難道牠餓昏頭嗎？」我急得跳腳。「搞什麼嘛。」

「婚飛也是要有浪漫的招數喔。聰明的雄蜂會先打扮一番，利用花香的氣味增添魅力，可以觸動女王蜂的感官印象，產生好感。」

我懷疑這些話，根本是爸爸的求婚絕招吧。沒多久，那隻雄蜂飛出花叢，帶著濃郁的清香繞飛，大搖大擺跳著舞，我在空氣中都能聞到野薑花的氣味。

果然，這招使得牠從眾多雄蜂的追逐之中脫穎而出，而女王蜂隨牠共舞，幾乎不理其他雄蜂。整個過程驚險刺激，嗡嗡的振翅聲完全不同於採集、守衛時的聲音，而像曼妙的音樂。接下來，我已經知道雄蜂最終的下場，實在不忍心目睹牠搖搖墜地。

「一定要這麼壯烈嗎？那隻雄蜂真是聰明的笨蛋。」我有點同情雄蜂。

「你該感到開心。女王蜂一天可以產下兩千顆卵，要不了多久，你的蜂群就會快速成長茁壯。」

「什麼？兩千顆！」我簡直無法想像那是什麼情景。

女王的豐產讓工蜂們變得忙碌，頻頻飛進飛出。爸爸說這是個好兆頭。

就在那一晚，媽媽的肚子一陣又一陣的疼痛，似乎有動靜。

這次爸爸做足萬無一失的準備，慢慢載著我們一起去婦產科醫院。

進入醫院的產房，媽媽完全不像平日的樣子。隨著陣痛而來的哭喊，而我和爸爸什麼也幫不上忙。我誠心向蜜蜂祈禱，借助牠們孕育的能量，保佑妹妹平安出生。

我的祈禱應驗了。妹妹哇哇的哭聲劃破午夜的寧靜。

我們為媽媽準備幾大罐的蜂王乳，補充產後的營養。

妹妹實在太可愛了，安安靜靜在媽媽懷裡吸乳。人類的母親會泌乳給剛出生的小寶寶一段時間，蜜蜂剛好相反，由女兒們餵蜂王乳給母親吃。我學蜜蜂餵媽媽吃東西。這讓媽媽很高興。

「我也餵一點給妹妹吃。」

「不行喔。」媽媽阻止我。「妹妹還小，只能喝奶唷。」

「小畢，蜂王乳只有女王蜂可以吃。」爸爸提醒我。

「對厚。媽媽，這瓶全部都給妳。」

爸爸媽媽一起笑出聲來。

妹妹哇哇哭時，眼淚從眼角噴出來。

我把食指放在嘴上。「妹妹乖，別哭。眼淚很珍貴。」

妹妹好像聽懂我的話，停止哭喊，定睛看著我。

「小畢敬挺喜歡哥哥的唷。」爸

爸有點無奈，因為他只要抱妹妹，妹妹只會哭得更大聲。

「爸爸，女王蜂可以決定生雄蜂或雌蜂，媽媽也可以嗎？」

「不行。人類嬰兒的性別是由爸爸的染色體來決定的唷。」

「超酷的，身

為男性的我也可以決定一些什麼，感覺真不賴。」我迫不及待想告訴其他人好消息。「我們什麼時候通知爺爺？」

「等媽媽平安出院再說吧。」

我想起抽屜那條白遮巾。「讓我來告訴蜜蜂，妹妹畢敬出生了。」

「可以。」媽媽同意由我來執行這個任務。「別搞砸喔。」

「我會注意的，媽媽，我們要怎麼告訴蜜蜂呢？」

「去拿放在你房裡五斗櫃的白遮巾。」

回家後，我急忙找出那條白紗巾，準備和爸爸一起去告訴蜜蜂好消息。

三天後，我們迎接媽媽和妹妹出院。聽說妹妹活力充沛幾個小時就

醒來，媽媽兩眼多出黑眼圈，非常需要睡眠。

為了不吵她們安睡。爸爸和我帶著白遮巾去看蜜蜂。遠遠發現農場的蜂巢變得龐大，出外勤的蜜蜂變多。整座養蜂場沐浴在金黃的暖陽下，蝴蝶飛舞，鳥兒啁啾，就連母雞也生下好多雞蛋。

「女王蜂開始大量產卵。」我驚呼。

「雙囍臨門。」爸爸樂得開懷。「今天多留點蜜糖磚給牠們吧。」

我告訴蜜蜂，我們有個新成員畢敬，是個女孩，她是我的妹妹。

蜜蜂似乎聽到了，蜂巢內傳出震天價響的振翅聲，散發出醇美香甜的氣味。蜜蜂給予我回應與鼓動，是不是類似嬰兒在媽媽肚子裡的胎動呢？

我為此深深感動。毫無疑問，當時的我認為自己將來也是養蜂人。

爸爸用免持聽筒模式打電話通知爺爺，好讓我們都能聽聽爺爺的狀況。電話那頭的聲音聽起來健朗，還聽得到蟲鳴鳥叫的環境音。

爺爺開心的答應。「畢敬滿月時，我會回去。那隻女王蜂狀況還好嗎？」

「牠狀況很好唷。」我滿心期盼。「我等不及要見爺爺了。」

「週末，小畢也可以跟爸爸一起來小木屋。」

「一言為定。」我掛斷電話。

我回到房間內，B12生龍活虎在我周遭飛舞，顯得十分高興。仔細瞧牠的身型長得越來越大，和一般工蜂完全不一樣。她停靠在我的指尖上，而爸爸剛好進來問我要不要一起去養蜂場。

爸爸盯著B12，若有所思。「原來攻擊牠的是女王蜂。」

「攻擊？什麼意思呀？」

「最先誕生出來的處女蜂會把其餘的王儲全部宰殺，確保自己的地位。B12是倖存者，要是讓牠再混進其他蜂巢箱，會引發非常可怕的後果。最好的辦法是讓牠擁有自己的蜂巢和蜂群。畢竟獨居的女王蜂是活不下去的，你想為牠打造一間新房嗎？」

「我願意。」

我最喜歡動手組合東西，等不及要幫B12蓋房子。要是爸爸的擴大養蜂計畫成功，我也會有一間屬於自己的房間。

畢卡索聞聲趕過來，似乎也想爭取牠的居住權利。

自己的房間

10

蝸蜂說：「築個小小的巢，蜜蜂呀，你就這樣的驕傲。」

蜜蜂說：「來呀，兄長，築個更小的讓我瞧一瞧。」

——泰戈爾《生如夏花》〈實踐〉

對蜜蜂來說，築巢是一件大事。要是住的地方不舒服，牠們會離開蜂場，尋找其他居所。

「我們得為小蜜蜂們蓋一間頂級的豪宅，要有足夠的房間給小蜜蜂待。」爸爸攤開蜜蜂百科裡的設計圖。「蓋房子可是一件大事，要牢固，要面向陽光，要有充足的水源，要注意的細節繁多，我們得去添購一些東西才行。」

養蜂會開設的蜂具店在鎮中心，我們開車過去要半小時，店內提供價格便宜的各式工具。為了節省開支，爸爸會利用廢棄的木頭來做釘合式巢框和壓條，我們再補充一些耗材即可。

蜂具店的老闆是邱婷婷的阿公，跟她一樣一臉精明，做起生意十分豪氣，鎮上的蜂農幾乎都跟他買東西。

「哎喲，不用急啦。幾個螺帽幾個電阻器，下次再給也可以。」邱阿公渾身都有菸葉的焦油味，聞得我有點頭暈。

爸爸遞上媽媽準備好的蜂蜜蛋糕，「剛出爐的新品，給你嚐嚐。」

「你們家的蛋糕一吃就上癮。」邱阿公笑臉盈盈收起蛋糕。「我孫子最愛吃。」

邱阿公駝著背，用混濁乳白的雙眼盯著我。

「小畢，你是不是喜歡我家婷婷？」

「我才沒有。」這種事一定要極力否認。

「誰會喜歡他這個矮冬瓜。」邱婷婷從店裡的房間走出來，遞給我好幾張觸感特別的紙張，「喏，給你。」

「這是什麼？」

「《養蜂月報》。」

「我看不懂。」

「又沒叫你看。」

我滿頭霧水。

「你不是喜歡剪字嗎？拿去剪啦。」邱婷婷紅著臉跑掉。

留下不知所措的我手握著那幾張飄著印刷油墨氣味的報紙。

「小畢，走囉。」爸爸催促我趕快上車。

朝我們揮手再見的邱阿公轉身後，把蜂蜜蛋糕遞給一個小男孩，那張小小的鵝蛋臉，漾起微微的光芒。

「畢卡索也可以去嗎？」

「上車吧。」爸爸難得批准畢卡索隨行。

我抱著畢卡索坐在前座，牠興奮極了，上身向前挺，尾巴在我胸前搖來搖去，好奇我們要去哪裡？

我們帶著需要的工具來到養蜂場，展開浩大的築巢工程。畢卡索也沒閒著，去追蝴蝶和蜜蜂，渴了就喝供水糟裡微甜的水。

爸爸提起鐵槌和長木條，在框側打洞，釘上騎馬釘，輔助穿線。拉線作業是最重要的步驟，緊實才撐得住蜜蜂逐日累積的蜜蠟和蜂蜜。爸爸設置了線軸安放座，好讓我可以在抽線時不會失手。我觀摩爸爸做過無數次，尤其是操作緊線器特別吸引我。

「我該拉直線、橫線或鋸齒的呢？」

「你仔細瞧打好的洞，都是水平對齊，加上最近壞掉需要修補的巢框，先做五個給我。」

爸爸要進行每週的開箱，檢查蜂王還在不在？粉蜜貯量、巢脾下沿或兩側有沒有築王台？王台內有沒有培育新蜂王的卵？以及整個巢脾有沒有蠟蛾或蜂蟎、蜂蝨等等的病蟲害。

我先清理那些剛收穫的，刷掉殘留的蜜蠟碎屑，要剷掉小蜜蜂的傑作，得花點時間。巢框拉線需要不小的力氣，稍微鬆手就變成蜷曲的波浪。我收拾好不斷湧上來的氣餒，不想被爸爸笑話我做得太差。一次次，失手的線彈痛我的臉頰，留下一條條貓咪鬍鬚般的血痕。

「你不要急。先穿過兩個洞，再拉緊。」爸爸再示範一次，鬆掉又重新拉直，接著把巢礎片黏合在巢框線上。

由於巢礎片容易破裂，為了要好好黏合，爸爸要我把蜂蠟隔水加熱，當作膠水一樣，滴上一排融蠟，加強密合成疏密有致的巢脾。

燒蠟的溫度很高，我身上的汗水直流，稍有不慎，就會留下燙傷。我戴上隔熱手套，注意溫度，直到蠟融化至液狀。

趁爸爸不注意，我偷偷用熱蠟在框邊空白處塗寫蜜蜂的名字：B12。

我教蜜蜂認字，應該比要求我認字更加瘋狂。

我餓得再也拉不直任何一根線，準備要去拿媽媽做好的便當時，發現畢卡索用爪子撬開盒蓋，喀滋喀滋嚼著炸排骨。

「壞狗狗！」我氣極敗壞的罵畢卡索，牠反而吞得更快。

「我不餓，另一個便當給你。」爸爸語重心長的交代我。「小畢辛苦了，蜂場的東西都得自己製作和修補，不可能什麼都交給別人來。」

「知道了。我會當爸爸的好幫手。」

「所謂的幫手，可不是三天打魚，兩天晒網，你要耐得住性子，重複去做。」

「只要是蜜蜂的事，不管怎麼重複，也比寫同樣字的有趣。」

「我們是房東，蜜蜂是租客，每月來取的蜜就是租金。你要好好照顧蜜蜂，蜜蜂也會照顧你。」爸爸提醒我。

我們的養蜂場位在沒有路燈的鄉間，可以避免小蜜蜂看到光，誤以為是太陽就靠過去，造成損傷。

弄完第五個巢框時，太陽已經下山。只有真正身在夜裡才體會得到，黑夜也是有層次的，不會一下子包圍你，在你適應之前，仍有微光。

四周蛙鳴聲比蜜蜂還鼓譟。在一片黑幕當中，我聽到翅膀震動的聲音，那不像我們家小蜜蜂，也不像是飛蛾、麻雀、蝴蝶這類昆蟲鳥獸的聲音，那聲音令人莫名緊張，彷彿有什麼東西正伺機而動。

爸爸也察覺到了。

「聽起來附近有不太友善的鄰居。快把做好的巢框蓋上防水布。」

「爸爸，那一群黑黑的東西是什麼？」我指著遠處樹蔭下一團不斷變化的形體。

「噓，是馬蜂，牠們很危險，會攻擊其他動物。看樣子他們在找新家。要是我們辛苦做的蜂箱被發現，會來盜蜂，甚至搶走蜂巢，弱小的蜜蜂就會無家可歸。」

「爸爸，要是有人像馬蜂一樣搶走蜂之屋，那該怎麼辦？」我不禁擔心起來。

「不會的。只要這一季的蜜量夠，蜂之屋就會好好的。先有房屋，你才有自己的房間呀。」

我雙手合十，朝蜂箱喃喃祈求。「萬事拜託了。女王蜂啊請多生孩子，小蜜蜂啊請勤快去採蜜。我也會好好照顧你們。」

我們收拾工具準備回家。我朝遠處吹一聲口哨。

幾秒鐘後，畢卡索從草叢奔出，身上黏滿鬼針草，嘴巴臭得不得了。這是畢卡索最瘋狂的假期。

詩意是抵抗力

11

蜂兒們嗡嗡
嗡嗡地說：瓜啊，快長
快長快長大……

——小林一茶

畢業前夕，疫情的衝擊也蔓延到竹林小學，只要搭乘大眾運輸或室內都得戴上口罩。有些同學不習慣，覺得呼吸困難，我倒是產生一種安全感。

上課時間剛開始，老師還沒進教室這段時間，同學們交頭接耳，吵雜聲遠遠聽來，耳邊好像一直有蜜蜂嗡嗡的聲響。

「小畢，快說點蜜蜂語給我聽。」簡真其實要聽的是關於蜜蜂的行為，但她習慣簡稱為蜜蜂語。

「嗡嗡嗡。」

「什麼意思啦？我聽不清楚。」

「妳都沒在聽，剛才我說，喔嗨唷。」

老師走進教室後，喧譁聲頓時收束起來。

「參加語文競賽的同學可以到比賽教室集合了。」

邱婷婷、簡真和我走向教務處那排的專科教室。演講比賽在音樂教室舉行，字音字形在美術教室，而我在中間的書法教室。

果然，來參加的同學提著好多字典。多虧簡真提醒我可以帶工具，除了字典，我還帶剪刀、膠水和《養蜂月報》。

負責監賽的老師把比賽題目，寫在黑板上──**我最喜歡的事**。

那幾個字在我眼裡一閃一閃發亮。

「老師，我有好多喜歡的事喔，到底該寫幾件才好？」我舉手發問。

監督的男老師對我招手。「畢同學，你來講台前仔細看清楚題目。」我跑到黑板前面逐字讀，原來沒注意到「**最**」這個字啊。好吧。也就是所有喜歡的事情裡面挑一件最喜歡的事。

我喜歡的事情有蜜蜂和寫詩。

鈴聲一響，別人提筆振書，我則拿起剪刀，馬不停蹄的剪下我喜歡的字。我腦袋裡有好多關於蜜蜂的想法和知識呢。比較麻煩的是要把字貼進稿紙裡還挺困難，畢竟不是每一個字的大小都一樣。

但要湊齊一整個句子，真是太難了。有些我會寫，有些我只好找字剪。還好我手腳俐落。月報裡有些字詞，在蜜蜂百科中出現過，我仍有印象。當比賽接近尾聲，我最後一個交卷。老師不可思議打量我的創作。「你確定要這樣交？」

「確定。我沒在開玩笑。」我十分堅定。

走出教室，發現簡真在外頭等我。「嘿，畢同學，一切還好嗎？你不會搞砸了吧？」

「應該沒有。」

「你寫些什麼呢？」

「我寫一首關於蜜蜂的詩。」我有些害羞的反問，「妳呢？」

「演講題目是『我的志願』。雖然不是特別難的題目，但是我好緊張，手腳抖得好厲害喔。深吸一口氣後，我想像有一隻蜜蜂停在眼前，只要盯著那個位置不動，緊張感就會慢慢減少。接著我說，我要當獸醫。經營一間跟愛樂莫一樣的動物醫院，一邊照顧我的兔子，一邊幫所有動物治病。比較傷腦筋的是，我超過規定的時間。」

「了不起的志願，我真佩服妳。」

「你不是喜歡有關蜜蜂的一切嗎？」

「是的。」

「包括喜歡蜜蜂的所有人嗎？」簡真淘氣的問。

「大概吧。」

「也包括我嗎？」

我頓時手足無措，內心有一條潮溼的引線被她點燃了。

不知何時邱婷婷也走出比賽教室，一臉不是滋味的大聲嚷嚷。「《養蜂月報》還我！」

她像興沖沖去投自動販賣機，結果零錢被吃掉一樣，生氣的踹我一腳。

我抱著痛得要命的膝蓋，一句話也說不出來。

從那之後，我們三個人的關係變得奇怪，雖然依舊會互相打招呼，但是不像以前那樣說話了。

奶奶的蜜蜂百科無奇不有，媽媽開始準備畢敬滿月禮盒，研究蜂蜜酒的釀製。

「你爺爺最喜歡奶奶釀的蜂蜜酒，要是成功的話，可以做出很棒的酒釀麵包呢。」媽媽每週都在試做新產品，以往我是頭號的試吃員，唯獨這一項，我被排除在外。

「可以送給田老師和邱阿公嗎？」

「那是當然的，等我試成功吧。」媽媽溼溼的手掌在圍裙上抹了抹，交代我。「你去幫我照顧一下妹妹，要是她餓了，我再去餵她。你可以唱首歌給她聽。」

「好。」我飛奔至主臥室。

自從畢敬出生，我和爸爸一起睡在爺爺的房間，而媽媽和畢敬睡在主臥室。這樣半夜畢敬哭鬧時，才不會吵到爸爸的作息，但爸爸的打呼聲比怪獸還可怕。

主臥室內滿滿都是爽身粉的香味，這氣味蜜蜂最喜歡，小時候的記憶湧上心頭。媽媽替嬰兒床掛上白色蚊帳，避免畢敬被叮咬。果然，妹妹已經醒了，卻沒有哭，盯著我一直瞧。

畢敬的小手緊握。我喜歡讓她握住我的食指，像是在握手。奶奶經常唱日本童謠〈蜜蜂〉[3]給我聽，爸爸也愛這首歌，幫忙打拍子，畢敬目不轉睛盯著我們瞧。用過晚餐之後，我開始帶動唱。

嗡嗡嗡　蜜蜂飛啊飛
飛離池塘　野薔薇開
嗡嗡嗡　蜜蜂飛啊飛

嗡嗡嗡　蜜蜂飛啊飛
清晨露水　閃閃發光
野薔薇開　輕輕搖晃
嗡嗡嗡　蜜蜂飛啊飛

這首歌收錄在蜜蜂百科裡，我永遠也不會忘。每次哼唱時，我總是

---

3. 波西米亞民歌〈BunBunBun〉日文作詞：村野四郎。由筆者日翻中。

想起奶奶慈祥的面容，而我只要唱蜜蜂歌，妹妹就會笑得像花兒一樣燦爛。

還有畢敬努起小嘴好像金魚的嘴巴，啵啵不停出口水泡泡，多可愛呀。妹妹微微上翹的嘴唇，短短的唇音「啵」，聽起來好像叫我「畢」。

有些寶寶音和昆蟲的叫聲，從來都不曾在字典裡找到。田老師說那些字稱為擬聲字，只能找相近的發音。

等著瞧好了，那些比我還先出生的字，雖然我認得不多，等我深入研究蜜蜂的語言和行為，寫起來絕對上手。

再過幾天，B_{12}的豪宅就快完工，即將升格為「有巢氏」啦。

遠遠的，汽車輾過碎石子路，頭前燈掃過屋宅外的黑幕，刷過蜂之屋的門窗。

「爸爸回來了！」

我聽到爸爸推開玻璃門，門上的風鈴發出叮鈴聲。他在玄關脫下橡膠鞋。媽媽立刻迎上前，質問爸爸。「我有話要問你，我們去房間談。」

砰一聲，他們關上房門。

我悄悄把耳朵貼上房門，聽到他們在爺爺的房間爭吵。

「情況似乎不怎麼樂觀，山產店的老闆訂了五百罐的醋蜜全部退回來了，他硬說味道變質，我們沒處理好滅菌，還說消費者有七天鑑賞期。原本以為接到一筆大訂單，沒想到結果會這樣。」爸爸焦慮的回答。

「什麼？我們花了那麼多力氣，眼看月底就要繳房貸利息，該怎麼辦？」媽媽也跟著緊張起來，「我們還有什麼辦法可想？」

「妳別急，我上山找爸談談。」

突然，房門打開。爸爸和來不及閃開的我撞個正著。

「小畢，別擔心，這件事會有解決的辦法。」

爸爸的臉上掛滿我從未見過的失意。

12 眼淚像珍珠落下來

這件事，誰都不要說好嗎？
清晨庭院的角落裡，花兒悄悄地掉眼淚的事。
如果消息傳開了，傳到蜜蜂的耳朵裡，
它會覺得自己做了壞事，飛回去還蜂蜜的。
——金子美鈴〈朝露〉

期末考結束，田覓覓老師帶著微笑進入教室，手裡拿著一疊閃閃發光的獎狀。

「各位同學，時間過得很快，轉眼就快要畢業了。我們班最後一次語文競賽的成績表現得非常好。邱婷婷獲得字音字形佳作、簡真獲演說比賽優等。另外，畢恭雖然比賽沒有得獎，但是，老師覺得這篇作文挺有創意，幫他投稿《國語日報》，今天刊登出來囉。我們恭喜他獲得一張小作家獎狀。」

全班鬨然，熱烈鼓掌。

「來，畢恭，請上台來和同學們分享你的小作家心得。」

我無法適應這突如其來的奇蹟，整個人彷彿踩在雲端。

「各位同學好，我怎麼做到的……我只是想剪一首詩。」我搔搔頭，不知該從何說起。「我經常剪字貼在紙卡上，放進口袋裡帶著去養蜂場，教蜜蜂認字。這次作文比賽的題目是我最喜歡的事。於是，我就真的去做。我先畫出一隻蜜蜂的外形，再把詩句按輪廓排列，心裡哼著童謠。我一邊唱歌，一邊剪字，完成一首圖像詩。」

「大家想不想聽畢敬的詩？」田老師問全班同學的意願。

「想！」全班同學一起回答。

「你願意朗誦作品嗎？」

我看著老師不准我逃跑的眼神和台下每一雙認真的眼睛。既然大家想聽，只好豁出去了。我清清嗓子，開始用不一樣的語調朗讀。

嗶嗶嗶，媽媽叫喚我
早上喝蜜中午吃梨
晚上咖哩天天蜂蜜
嗶嗶嗶，媽媽叫喚我

嗶嗶嗶，妹妹又哭啼

早上抱抱晚上鬧鬧
聽聽歌謠寶寶睡覺
嗶嗶嗶，妹妹呵呵笑

我每天寫詩
寫蜜蜂和
最喜歡的事
在大森林裡
生命是一首歲月的詩

全班的笑聲和掌聲快轟掉教室的天花板。我不敢期望他們能懂。至少詩為我打開一扇窗門，慢慢抵達同學們的心裡面。

大聲朗讀自己寫的內容，實在有夠害臊。老師把詩作釘在布告欄，那個我經常罰站的位置變得不同。神奇的是，平時沉甸甸的的書包，只不過多一張剪報和小作家獎狀，反而感覺變輕許多。

星期三放學，爸爸得去銀行辦點事情，沒辦法來接我，我得自己走路回家。天空正下著小雨，我沒帶傘，但是喜悅的心情彷彿幫我裝上翅膀，飛奔在鄉間的小路上。

蜂之屋前停著一輛黑貓宅急便，收件的叔叔被畢卡索刁難。牠咬著他的褲管不放。我趕緊上前解圍。

一進家門，我聞到一股不同以往的蜂蜜香。廚房裡的媽媽蹲低身子，抱起酒缸貼近右耳。

「媽媽在做什麼呢？」

「噓——」媽媽把食指放在唇中央。

我也貼近小耳朵，陶缸聽起來十分熱鬧，不斷有噗嚕噗嚕的聲響。

「聽到了嗎？」

我點點頭。「是釀酒的精靈嗎？」

「是啊。正在施展魔法呢。」媽媽臉上浮出滿意的表情。「這罐龍眼蜜發酵挺好的嘛。

我可以先做一批酒釀桂圓麵包，你也可以吃

喔。」

「好期待。」所有食物的滋味，我都想嚐一嚐。

我拿出書包裡的剪報和小作家獎狀給媽媽，她疲憊的臉龐立即刷上一層亮光。

媽媽不敢置信的問。「每位同學都有嗎？」

「我就怕妳這麼想。」

「噢——小畢，你總是帶給媽媽驚喜。」

一瞬間，媽媽的眼淚像珍珠一樣落下來，止都止不住。

「媽媽，我又惹妳傷心了嗎？」

「別亂想。開心的時候也會流眼淚喔。」

「高興也要哭啊。我聽說墓地或折木附近經常出現一種汗蜂，汗蜂喜歡人的汗水及眼淚，會飛進人的眼球吸食。因為眼淚帶有水分及鹽分，像珍珠一樣珍貴，所以請媽媽好好珍惜身體裡的寶物。」

「我向你保證，不會輕易讓珍珠般的眼淚落下來。」

媽媽的堅強只卸下幾分鐘，又恢復運作。

「田老師訂購了家長會的餐盒，你覺得放瑪德蓮蛋糕還是馬卡龍比較好？」

「只要是媽媽做的，絕對受歡迎。」

我和媽媽一起包裝放涼的蜂蜜蛋糕，綁上金色的彈力繩線，調整繩線上的商標卡，卡片畫蜜蜂和金色字樣——TELLING THE BEES。店名取自一首外國詩。

趁媽媽不注意，我偷偷喝下一杯蜂蜜酒。滑潤的火流過喉頭，使我全身癱軟無力。

到了夜晚，我的喉嚨乾乾的不太舒服，好像有一根粗繩慢慢把我勒緊。媽媽摸著我的額頭，用耳溫槍測量我的體溫，嗶一聲，顯示高燒四十度。我開始咳個不停。

鎮上所有醫生都非常忙碌，藥局裡的酒精、口罩、退燒藥都搶購一空。有些地方宣布封城，好險鄰里間都會互相幫助，邱阿公的店還有一些罐頭泡麵，可以等到下次補充物資的貨車來。

「邱阿公說婷婷也病了，好幾個同學出現症狀，班上要停課，暫時不用去上學。」爸爸倒是要大家放心。「我們會照顧彼此。」

不用上學？雖然身體好痛苦，卻有點高興賺到假期。可是，媽媽卻一臉憂愁，「這樣的話，家長會有可能會取消囉？廚房裡那些即期麵包該怎麼消耗掉？」

「搬上車吧。」爸爸立刻展開行動。「我載去邱阿公的店裡寄賣，順便換些東西回來。」

我咳了快十天，每次咳都以為自己快要死掉。不曉得該不該慶幸染疫掩蓋了我偷喝酒的罪行。

我被隔離在小房間，不能接觸其他人，靜靜等待回復健康。媽媽按三餐送進房間。我小聲和B_{12}訴說心裡的恐懼，病毒在全球傳播的速度很快，不曉得會持續到什麼時候，人們被一股沉默包圍，整個世界將陷入麻煩。鎮中心變得很安靜，人人保持著社交距離。

幸運的是，我有B_{12}，還有詩。

我感覺自己正在變化，曾經捉摸不住的語言，漸漸豐富我的感官，可以有趣的表達情緒和想法，我的語音紀錄已經多達三百則。因為喉嚨發不出聲音，我竟然開始用觸控筆寫手機日記，手機的好處是，常用的字會排在前面，選字很方便。

即使我把門窗關得死緊，還是有一股焦味竄進房間。

「外頭又有人在燒火了。」

媽媽擔憂疫情不樂觀，打電話問鎮長才知道養蜂會剛剛發布警示，傳染病已悄悄在蜂群中傳開。

13 一把火燒出蟲蟲危機

媽媽告訴小蜜蜂，有蠟燭的地方千萬別碰……
小蜜蜂！小蜜蜂！
現在火苗已躥得高高，
沾上火星只有死路一條……

——節錄海涅《教訓》

小學畢業的那個夏天，鎮上籠罩在攸關存廢的危機中。各處蜂場斷斷續續飄著濃濃的煙，一燒就是整天，到夜裡還有紅紅的星火。

我漸漸恢復健康，已經能好好吃飯。我擔心拖延已久的蜂宅工程，於是一大清早，跟著爸爸巡箱，檢查蜂箱有沒有破口或裂縫，避免螞蟻或蜘蛛趁虛而入。我用刮刀去除螞蟻搬來阻塞蜂箱的腐殖土，發現底座積滿垃圾。

爸爸打開蜂箱，用鐵勾提起巢框，一股香甜味撲鼻而來，暖烘烘的溫熱觸感伴著蜜蜂平靜滿足的咀嚼聲，橘黑相間的毛茸茸身體拍動著翅膀，前腳觸鬚擺動的樣子，好像在跟我拜年。

「這個冬天的蜂量過少，來幫我增加糖磚給牠們吃。」

「爸爸，為什麼我們不在蜂箱附近多種點花草呢？」

「你奶奶種過杏樹，杏樹的花粉風吹不動，只能靠蜜蜂授粉，後來年紀大了，患上風溼關節炎，沒時間照料，便漸漸枯萎。」

處理完蜂務，我跟著爸爸去參加蜂農會召開的緊急會議。在前往邱阿公店的路上，壓出新的車轍，門前早已停滿車輛。

會議即將開始，現場瀰漫一股嚴肅的氣氛，口罩背後是一張張藏不住煩惱的面容。

邱阿公拿起麥克風，對著在場的蜂農們宣導。「這次讓大家損失慘重的蜜蜂殺手，叫做蜂蟹蟎，身上帶有可怕的病毒，寄生在蜜蜂身上，吸血為生，被吸食的蜜蜂會出現蜷曲的翅膀。目前鎮上蜂農損失慘重，估計農損近三千萬新台幣。我呼籲各位蜂農們一旦發現蜜蜂生病，請一定要下定決心火燒根除。」

爸爸聽了，心情更加沉重。

「但是邱桑，好不容易冬天結束，春天將要到臨。如果不讓蜜蜂自由活動，不僅牠們會餓死，未來幾季的蔬果量也會減少。這可不是只有我們蜂農損失，是全鎮的損失。」

「你們的心聲我都知道，誰願意看著心血泡湯？既然災害已經發生，就只能面對。再次提醒各位不要輕易移蜂，必須確實做到隔離，避免擴散感染。」邱阿公無可奈何表示。「病蟲害防治措施，請大家去讀手冊跟《養蜂月報》，防蟎片已拜託蜂之屋的畢桑設計提供，有貨再通知大家。」

畢桑指的是爺爺，我為他感到驕傲。

各處農會也都收到相關通知，許多配合已久的果農不敢再請爸爸幫忙授粉，只剩下簡真家的果園願意。對經濟困頓的我們來說，無疑是雪上加霜。

「明明我們的小蜜蜂都很健康，卻不能到處工作。」我感受到環境帶來的打擊。如果大部分的蜂農失去賴以維生的蜜蜂，小鎮的居民會漸漸外流，養蜂鎮將會變成被神遺棄的地方。

散會後，邱阿公叫住我們。「你們那個蛋糕厚，都被搶光了啦。家裡還有可以賣的，趁還沒過期，趕快拿來我店裡。」

「謝謝邱阿公，婷婷還好嗎？」我關切的問。

「恢復得差不多了。你們的蛋糕幾乎都是我們家乖孫吃掉的啦。」邱阿公沒好氣的嘖一聲。「叫他們留一條給我吃也不肯。」

原來小男孩是邱婷婷的弟弟啊。

才這麼想，隔簾後面鑽出一顆大平頭，臉上流著鼻涕，門牙缺了兩顆，笑起來時，可以望見黑洞一般的嘴巴。

躡手躡腳的邱弟弟，動作俐落的爬上高腳椅，整個前身撲向結帳櫃枱，偷偷拿走兩根七七乳加巧克力，轉身一溜煙，鑽回布簾後面。

「我不是要吃這個啦。都沒有了嗎？」布簾後面傳來的聲音，好像是邱婷婷。

「都吃光光，沒有了。小哥哥沒帶。」

我手心不斷冒出手汗，緊張不得了。她總是能在我心裡留下陰影，實在難以猜測她見到我會有什麼反應。

邱弟弟再度從布簾後鑽出來，踱步到我身旁，輕輕拉動我的手，往牆角的層架走去，那裡堆著高高一疊剛印刷的《養蜂月報》。

「你要這個嗎？」邱弟弟玻璃般的眼珠映現出我的猶豫。

「其實我不用剪報紙了。」我搖搖手。

邱弟弟有些不知所措。我有些抱歉，真不明白我到底為什麼要拒絕這份好意。

眾人陸續拿走報紙，爸爸也抽走一份，拍拍我的肩膀，要我上車。

突然，我想到一個好辦法。「爸爸，我們的蜜蜂工作那麼久，是不是該度個假？」

「去哪好呢？」

「沒人比爺爺更想見見牠們了。」

「我也是這麼想。我們明天就準備轉地養蜂吧。」

爺爺說蜂巢的運作就像一個群體的運作，影響所有生活在一起的個體。也就是說，大家怎麼想，也會影響你怎麼想。

14 回聲吹來的風

她在自己雙親的眼睛裡
似一朵偷偷開放的鈴蘭，
隱藏在茂密的草叢當中，
瞞過蝴蝶，也瞞過了蜜蜂，

——普希金《葉甫蓋尼．奥涅金》

清晨五六點，我們必須趁勤勞的蜜蜂沒還一隻接一隻出門採蜜前，開始整理蜂場，進行移蜂作業——割蜜、拆除固定的底座、整頓移箱、運送到要設置的新蜂場。

留在巢內的蜜蜂非常敏感，知道我們要拆巢，不安的振翅聲轟隆隆震動我的耳膜，牠們用頭部警告我不許碰。我用薰煙器讓牠們安靜下來，讓爸爸進行拆箱。

正當我準備收拾下一間蜂宅時，B12像根橡皮筋一樣彈飛而出，隨後跟著好幾隻雄蜂，展開一場盛大的空中婚禮。

「竟然選在這種時候婚飛。」我真服了牠。

「本來擔心B12會是弱群，隔壁的老工蜂會過來搶，看來是我多慮了，我們恐怕沒辦法整批出發，得放幾個收蜂箱在原地才行。」爸爸繼續埋頭苦幹。

我協助爸爸用箍帶固定蜂箱，最後在巢門前放置防跑片，萬一震動劇烈會嚇得蜜蜂全跑光。爸爸推著手推車，一箱箱搬上車斗，總共十箱。

「小畢，巢框擺置的方位必須與車頭平行，車子開動的時候，萬一緊急煞車，才不會打翻。」

「好喔。」我負責清點數量。

「走吧。希望一路順利平安。」脫下網面的爸爸擦掉額頭上的汗水。

我們家的貨車是一點七五噸的藍色得利卡，有防水布可以遮光。為了避免鎮民以為我們不聽警訊，繼續活動。爸爸在靠近車斗外緣處放好幾箱日用品和蔬果，順便帶給爺爺。

其實蜜蜂並不喜歡移動，前往爺爺小木屋的山路崎嶇，牠們也會有暈車的狀況。

山裡的空氣清新，沿路有松林針葉的木質香氣，徐徐的山風輕輕撲面灌進鼻腔，每深呼吸一口氣都洗去內心的疲累。

爺爺在小木屋前迎接我們。

「我老早就預料會有這種情況，在小木屋後面找到一塊可以安置的林地。」

爺爺提起三桶油漆，要我們帶上修枝剪刀和割草機一起前往。

樹林的外頭就是奶奶的墓園。我們先到墓園，煤山雀啁啾跳躍在林間，有幾株盛開的扶桑，可以摘來吸吮花蜜，除此之外沒有人會打擾清靜。

爺爺安撫道。「別怕，化成一掬塵土的奶奶正看顧我們。」

接著，我們往深林走，一路撥開茂密的樹葉，踩過叢生的雜草，來到一塊隱蔽的草地，抬頭望，是一池湖水似的朗朗晴空。我們四周被密林包圍，枯枝敗葉，藤蔓纏繞，可使用的面積比一號養蜂場小。

「我們得先花時間整理環境。」爸爸捲起袖子，掄起帶柄大鐮刀除草。

「等等！」爺爺出聲制止，「不要砍那棵山楂樹，那可是蜜蜂的食物。」

原來樹木遮蔽了真相。我仔細觀察四周才發現各種野果、栗樹和黃楊木，根本是深藏不露的糧倉。

「你們要記住野外放蜂要特別注意蜜源植物是否有毒，有些花蜜雖然蜜蜂愛吃，但對我們的身體有害。像是杜鵑、南燭和雷公藤。」爺爺慈祥的面容下，有生活經驗累積起來的自信。

「爺爺，供水槽該放哪？」我問。

「你把水槽放到陽光照得到的地方，蜜蜂和人類一樣愛喝溫水，山泉水比較清涼。」爺爺指示我該怎麼操作，「記得放幾根小樹枝或青苔，以防蜜蜂溺水。」

「好痛！」放水槽的時候，我不小心被傾倒的枯枝搧了一巴掌。

「小心點！」高大的爺爺幫我移開，另外叮囑爸爸，「蜜蜂剛到新環境，容易迷路，返回蜂巢時，牠們看到第一間巢箱就鑽進去，到時候全擠在一起，空箱率會過高。所以箱與箱之間的距離，不要太密集。」

「可是爺爺，要怎麼樣讓蜜蜂選擇想要住的蜂箱啊？」我納悶。

「小畢，人的住所都有門牌號碼，蜜蜂的家當然也要呀。」爺爺笑著說。

爺爺命我把剛剛那三桶油漆提過來，桶身標示著白、黃和橘三色。

「看過骰子嗎？我們來把每個箱面標記不同的符號——箭頭、三角形、條紋或十字都好——重點是每個巢箱別太相像，要能辨識。」

「可以讓我來畫嗎？」我迫不及待拿起油漆刷，發揮我的創造力。

仔細瞧每個蜂箱就像作業簿上的空白格子，我心裡挑出幾個吻合的字，像是「田」、「回」、「因」、「固」、「目」、「困」……等等圖樣，塗上不同的顏色，交叉擺放每個蜂箱寫上數字「2」加上序號。沒想到我學會的字能在這種時候派上用場，真是令我開心。

正午的陽光曬紅了我的皮膚，留下刺痛的觸感。

媽媽為我們準備簡便的飯糰，內餡是薑汁燒肉，外包海苔，還有兩塊蜜糖吐司。午餐後，我們繼續完成剩下的工程，一個小時後，我滿意的歡呼：

「二號養蜂場完成了耶。」

連續的勞作，老早汗溼上衣，但是內心卻有一股踏實感。

當我們擺放好蜂箱，已經下午四點，山霧籠罩整塊台地。雲霧中，我們聽到另一頭遠山傳來渾厚綿長的嘶叫。

「爺爺，那是熊的聲音嗎？」我既好奇又害怕。

「我也是第一次聽到。放心吧，樹林很隱密，就算真的是熊也找不到這裡。」

「附近還有別戶人家嗎？」

「往下兩百公尺，有林務處的員工宿舍，改天我再去問問情況。」

完成工作，我們回到山屋，屋旁種一畦菜園，爺爺要我提尿桶去施肥，順便摘一些青菜帶回去給媽媽。

菜園裡種植耐寒的蘿蔔和高麗菜，好挨過變化莫測的天氣。我費好大的勁，割下一顆脆甜的高麗菜，又拔走兩根白蘿蔔。

山屋不大，一個人生活剛好。我們在屋外的集水器前簡單沖洗黏在身上的泥土。爸爸洗好後，到貨車裡拿《養蜂月報》給爺爺。進屋時，屋內已飄著陣陣鹹香，爺爺煮好泡麵放在鐵鍋，鍋裡放幾株山茼蒿增添風味。

「想吃多少，自己裝。」爺爺接過爸爸帶來的報紙，開始讀本月的農業資訊。

我一直以為爺爺過著寂寞的生活，現在我才不這麼想。能享受自然的恩賜，自給自足過日子，需要足夠的智慧，也是我嚮往的生活方式。

「哼，他們引用奶奶研究的蜂毒生理學與醫療應用，卻連提也沒提到她。」爺爺不怎麼高興，「你明天去跟邱桑說，以後不能這樣。」

「可能是誤會吧。我會向邱桑反映。」爸爸吃完麵，用手背抹掉嘴邊的油。

「《養蜂月報》交給蜂農會後，不是第一次這樣了，那是小畢奶奶的心血，怎麼能亂來。」爺爺越說越生氣，筷子一扔。「他請託我解決蜂蟹蟎，就不該翻臉不認人。」

這是真的嗎？《養蜂月報》的主編是奶奶啊。難怪我每次剪報的時候，始終有一種說不清的親切感。

「爸，明天是畢敬滿月，等會兒要不要跟我們一起下山。」

「不行啊。我明天還得巡察新蜂場，頭幾天最重要的是引導牠們該去哪裡覓食。我晚一點騎車下山。你們先走吧。」爺爺摺起報紙，還給爸爸。

「麻煩爸了。」

「小事一樁，開車小心。」爺爺與我們揮手道別。

我的心底碾過一塊蒼翠的記憶，有一點點失落。除了以後不能天天見到所有的蜜蜂，最難過的是我不希望奶奶死去的原因跟病蟲害有關。

五點鐘，來時的山路已被團團的濃霧包圍，即使打開車頭燈，視線也不清。好幾回險象環生的連續彎道，就連是熟手的爸爸，也不敢輕忽大意，立即放慢車速，深怕一不小心掉下山谷。我們聽見山谷回聲吹來的風，像山妖在歌唱，還有鬼魅般的蟲鳴一路跟著我們。得利卡儀表板上的油箱指針快要見底。

小誤會

15

「走走看啊，只要一下子就好。」
搖晃著頭的蜜蜂這樣說。

——窗道雄〈病後的散步路上〉

短短一天，當我們回到鎮上，有人向農會檢舉我們擅自移蜂，造成簡真家的果園感染病蟲害。

「龍眼園只剩畢家在幫忙授粉，不是嗎？」、「不會錯的，他們清晨六點趁大家都在睡的時候偷偷搬蜂箱」、「難怪只有他們家還在賣龍眼蜜產品」、「我親眼見到他們烘焙蛋糕的時候沒戴口罩喔。」

爸爸載我去邱阿公的店時，聽到一群蜂農提出惡意的指控，那是我聽過最可怕的謠言。

「可是我們家的蜜蜂沒有生病，不可能傳播病蟲害，你們怎麼可以隨便說說，也不來問我們到底是怎麼回事？」我實在忍不住反駁大家不實的指控。

「你們有獸醫的健康證明書嗎？」邱阿公從蜂農群中站出來。「所有營業的蜂場都應該要提出證明，你爺爺沒跟你們說嗎？」

頓時，我和爸爸啞口無言，明明沒有錯，卻要證明自己沒錯。我頭一次見識到語言邏輯足以決定人的清白。

「他有交代，是我忙過頭，忘記該做檢查。」

爸爸是個老老實實的養蜂人，什麼規定和公告，都是爺爺交代他去辦。最近因為疫情的關係，他也沒空去愛樂莫動物醫院。

「謝謝提醒，我們會去補辦蜜蜂的健康證明書。雖然還沒申請，但是請大家想想我們怎麼可能會做出損害養蜂鎮的事情。」我為爸爸挺身而出。

「很難說喔。農會銀行的經理說你爸付不出利息，擔保抵押的店面要轉讓，難保不是因為這個理由才想把所有的工作承攬下來，才要手段。」山產店老闆不客氣的說。

「難關度過了啦。我這個月會去繳清利息。歹勢，讓大家誤會。」

爸爸鞠躬哈腰道歉的樣子，我為他抱屈。

「既然是誤會，大家就別亂傳啦。」邱阿公揮揮手，催大家就地解散。再轉身叮囑爸爸。「那群人厚，最近火氣比較大。你啊，該辦的證明，趕快辦一辦啦。」

「對了，邱桑，我爸說那個《養蜂月報》應該要註明是出自我媽的名字。」

「又沒寫上去喔。」邱阿公要爸爸放心，「好啦，我再跟寫的人講啦。」

雖然事件暫時落幕，但我知道爸爸心中所受的傷害，是沒有辦法三言兩語帶過的。

「真是欺負人！」

「忍忍吧，小畢，倒是你看得懂報紙了嗎？」爸爸抱著一絲奢望的問。

「全部嗎？我、我還沒那麼厲害，但是爸爸，我可以用別的方法看懂。」

「那你快點幫我看看寫那篇文章的到底是誰？」

我按照媽媽教我使用手機的掃描功能，把報紙上的字翻譯成語音，再播放給爸爸聽。

當我們聽到那個熟悉的名字時，再也藏不住震撼且失落的表情。

我們拖著兩道長長的影子進門。

畢卡索搖著尾巴到我腳邊蹭，安慰我整天的委曲。媽媽端著剛出爐的麵包，從烘焙室出來。

「爺爺怎麼沒跟你們回來呢？」

「爺爺還有例行的蜂務要做，安置好就會騎車下山。」我脫下身上的髒衣，換上一件舒適的T恤。

「怎麼了，你們兩個是什麼表情啊？」媽媽一眼就瞧出我們有心事。

發生那麼多事情，我不曉得該從何說起。

「媽媽，要是有人占我們便宜，妳會怎麼做？」

「要看是什麼樣的便宜，要是小便宜就算了。我可沒空計較太多。」

「問題來了。是占大便宜，大到讓人介意。」我垂頭嘆氣。

「那麼我會直接跟對方說清楚，警告他不可以再做這種事喔。」

「那麼媽媽，妳願意明天和我一起去愛莫樂動物醫院申請蜜蜂的健康證明書嗎？」我央求。

「不能等爺爺下山再去嗎？」

「可以是可以，但恐怕場面不怎麼好看。」爸爸坦白講。

「到底怎麼了，快把話說清楚。」

當媽媽聽到莫醫師發表的文章引用奶奶的蜂毒研究，卻未提及奶奶的名字。

「這個叫智慧財產權對嗎？」媽媽皺緊眉頭。

「好像是。」

「沒想到裝在腦袋的東西會這麼複雜。」媽媽明白啞巴吃黃連，有苦說不清的處境。她捲起衣袖，繼續揉麵團。「別苦著一張臉，先好好吃餐飯，睡好覺。我準備好禮盒，明天才有力氣去巴結醫生，和人家講理呀。」

好險一號養蜂場不是空的。我暗暗祈禱B_{12}一定要健健康康，幫我們拿到證明書啊。

隔天一早，爸爸和我就去一號養蜂場，移蜂後，留下來的蜜蜂有些寂寞，以往我們接近時，蜜蜂們發出的聲音大過收音機。

我走近B12的豪宅，發現巢內竟然已經兒女成群。她的一舉一動都有女兒伺候，能壯大成強勢的「B群」，真替她感到開心。

「蜂群不能失去女王蜂過久，我們得抓緊時間。」

「好的。」

我們把B12安置在王籠內，和媽媽會合。爸爸必須留在家裡照顧妹妹，由我和媽媽帶著王籠和兩盒禮盒，騎車去愛樂莫動物醫院。

愛樂莫動物醫院位在鎮中心最南邊，距離我以前讀的舊小學和邱阿公的店中間，營業時間是早上九點。院門口已經有人在等候。我沒想到會碰上簡真，她抱著一隻軟綿綿的小白兔來求診。

「我的兔子瑞比不知道吃了什麼東西，上吐下瀉的，你為什麼會來醫院？難道蜜蜂也會生病嗎？」

「別亂說啦。我的蜜蜂好好的，只是來做健康檢查。」

診所的鐵捲門，慢慢往上升，我們依序掛號。紅色的燈號叮咚一聲開始跳號。

「一號，請進。」醫師助理喊。

簡真一臉擔心抱著兔子進去，坐在外頭的我們聽到簡真和莫醫師的談話，兔子生病的原因竟然是中毒。我們看著紅眼睛兔子待在觀察箱裡。突然間，我隱隱感覺整件事情並不單純，或許和最近發生的事件有關連。

「妳家的瑞比還好嗎？」我走上前，關心愁眉苦臉的簡真。

「嗚，醫生說瑞比得住院治療，最快下星期三可以出院。」簡真既內疚又擔心。「牠肚子裡有農藥殘留，嗚，我只不過帶牠去吃不一樣的草。」

「農藥殘留？」這更加深我的疑惑。「妳帶兔子到哪裡吃草？」

「附近的高爾夫球場，那裡的草坪好漂亮。」簡真懊悔的回想。「我是偷偷溜進去的，誰知道會差點死掉，真是可怕。」

「二號，請進。」醫師助理接著喊。

我和媽媽起身走進診間。莫醫師戴著金邊眼鏡，身穿短袍，態度親切，年紀看起來和爸爸差不多，一點也不像會做出差勁事情的人。

「莫醫師，我們想替女王蜂做健康檢查。」媽媽開口說道。

「請把牠放到內診間的檢查台上。」莫醫師戴上放大鏡面，開始為B12做各項檢查：「牠的翅膀長得很好，身上沒有寄生蟲，消化系統也沒有異狀，腹部的卵非常多，恐怕要產卵嘍。」

我和媽媽露出驚喜的表情。

「不過，雖然檢查結果是健康的，我還是要提醒你們附近的高爾夫球場正在除草，他們使用一種叫甲基砷酸鈉溶液（MSMA）來整理百慕達草坪，這種除草液的毒性對蜜蜂及草食動物傷害性很大，最好不要靠近。」

「剛剛的兔子瑞比就是吃到有毒的百慕達草對嗎？」

「沒錯。」

「那麼靠近球場的養蜂場是不是有可能連帶遭殃？」我著急的問。

「有可能。水庫那邊的蜜源植物多，有果園和花卉農場，的確會吸引蜜蜂過去。」

「莫醫師是否有寫過一篇刊在《養蜂月報》的蜂毒文章？」

「呃，你說的是我好幾年前寫的蜂毒生理學與醫療上的應用吧。」

「那篇文章還在嗎？」

「還在呀。」醫生帶我看貼在診所布告欄上的剪報，已經相當破舊。

「關於蜂毒研究，醫生又是怎麼發現的？」

「喔，那是一篇合作研究。我記得是報刊主編向我邀稿，她手上有一些研究資訊想結合我的醫學專業發布。只不過，她不想掛名。加上報社沒有經費，這篇文章一刊再刊，我沒拿稿費，只贈閱一份報紙。」

「原來如此。我明白了。」我向醫師道謝。「再請您開立一份蜜蜂的健康證明書給我媽媽。」

「好喔。沒問題。請稍候一下。」

我悄聲告訴媽媽不必再和醫生理論了。因為那篇文章是奶奶同意莫醫師寫的。

「我聽到你們的對話了，原來整件事情不是侵權而是授權。」媽媽整個人鬆了一口氣，「幸好只是小誤會。」

約莫三分鐘後，莫醫師把 B_{12} 的健康證明書交給媽媽。

我本來要把媽媽準備好的禮盒送給莫醫師，媽媽卻伸手攔下來。

「小畢，那個不是送給莫醫師的啦。」媽媽笑得好尷尬。

我們付完費用之後，趕緊走出愛樂莫動物醫院。

「媽媽，妳昨天明明說要巴結醫生的啊？」

媽媽不好意思的承認。「噓，小聲點。昨天看你們受到委曲，一時氣昏頭，加了有機肥料，好險沒闖下大禍。」

「不是吧？」我額頭冒冷汗，真不敢相信媽媽會這麼做。

「你不要露出那種表情啦。我的心也是肉做的，理智線也會斷掉啊。等等，我還有一件要緊事得辦。」

我和媽媽過馬路到對面的農會銀行，她把蛋糕禮盒送給銀行經理，臨櫃繳交滯納金。至於，另一盒是不是有機蛋糕，只有媽媽知道。

「媽媽，爸爸的擴大養蜂計劃是不是敗部復活？」

「勉強過關啦。你們要給我的驚喜差點變成驚嚇，小畢，你知道蜜蜂做任何事情，都是全體決定的喔。我們是一家人，以後有什麼重要的事情，最好一起商量好嗎？」

「包括妳放有機肥料這種事嗎？」我忍不住回嘴。

「是我的錯，對不起。做了錯誤的示範。」

媽媽擠出一個「你不要學」的內疚表情，低頭叫我。「上車吧。」

我們趕緊先送B12回一號養蜂場待產。

牠優雅的返巢，所有蜜蜂恢復秩序，用觸鬚迎接她。只見B12馬上就生下米粒大小的白色蜂卵，一粒接一粒。

「走吧，我猜爺爺會比我們先到家。」

安置好後，媽媽緊催油門，一路飆回家。

果然，還沒進門，就聽見爺爺爽朗的笑聲從店裡傳出。

他在玄關抱著畢敬，搖搖她的小手，朝我們喊。「哈囉，媽媽和哥哥回來啦，我們可以開動囉。」

媽媽準備好多酒釀佳餚，爺爺享用得樂呵呵。

我告訴爺爺和爸爸所有事情的始末。他們聽了之後，終於放下積壓在心中已久的大石頭。

「小畢，做的好。」爸爸露出喜悅的表情。「我真以你為傲。」

「對了。林務處的人說昨天我們聽到的聲音，的確可能是黑熊。」

爺爺喝光杯子裡的蜂蜜酒。

「哇噢。真正的黑熊？」我非常興奮。

「或許山上的野果不足，這隻熊才會往山下尋找食物。我想還不至於會影響到我們的養蜂場。時間不早了，我得趁還沒天黑前，去買製作防蟎片的材料。」

媽媽準備好精緻提袋，讓爸爸開車分送滿月禮盒給親友們，車斗間滿是酒釀的陳香。

「爸爸，等等，還有健康證明書！」我急忙拿文件，再跟上車。

畢卡索試圖追我們的車，竭力奔跑，不到兩百公尺，就停下來，目送我們離去。

我們停靠縣道旁中油加油站，爸爸下車自助加滿無鉛汽油，我跑到販賣機投幣，買兩罐檸檬茶。我們繞進鎮中心時下起毛毛雨。圓環中間的大座鐘顯示下午三點，市集街道比平常安靜，只有零星的路人，除了邱阿公的店門前聚集的人群，一名受傷的孩童躺臥地上，傷口有多處刺孔。這種傷勢只有馬蜂會多次刺咬。鎮民們議論紛紛，鎮中心怎麼會有馬蜂？

蜂之屋

16

是在星期三，三點鐘！
一隻嗡嗡嗚叫著的毒馬蜂，
把我無名指刺得劇痛。
——阿赫瑪托娃〈啊，古怪的男孩，我瘋了〉

「是她發現的。」

聚集的人群把簡真片片斷斷的描述，像球場波浪舞一樣，向外圍傳。我們站在最外圍，慢慢把事情黏合起來。

事情發生在星期三下午三點，簡真來接康復的小白兔出院。她不斷撫摸懷裡的瑞比，讓自己的身體不再顫抖。「我足足有一個禮拜沒見瑞比，急著想見牠。」

接到瑞比之後，簡真原本要去「蜂之屋」買蜂蜜蛋糕，但是才下午三點，她還想到處逛逛。

「我得讓瑞比吃點東西。剛好池塘邊有瑞比愛吃的貓尾草。我哼著歌經過池塘時，發現野薔薇花叢間倒下一個人，身上穿著紅色短上衣和露趾涼鞋，沒想到是邱小弟。我趕快跑回動物醫院找莫醫師過來，再通知邱阿公。」

「噯呀，邱弟弟好可憐唷，沒媽媽教他要注意安全啦。整天東玩西逛，我看過好幾次，他去撈池塘裡的魚。」、「叫他們用黃布條圍起來啦，不要隨便讓人靠近。」、「啊，現在人怎麼樣了？」

鎮民們七嘴八舌把各自的想法一股腦兒說出來，誰都知道邱阿公寵孫出了名，要怪就怪他媽媽狠心拋棄他們姊弟。鎮上的人私底下叫他瘋男孩，但這些同情的話，只有在邱阿公面前絕口不提。

簡真心有餘悸回想。「差點休克，好險莫醫師就在附近。我們先找遍阿弟仔全身，發現毒針在指頭上緣，莫醫師幫他拔除後，已做緊急處理中和毒性。」

莫醫師認為邱弟弟身上有香濃的蜂蜜蛋糕味，有可能引起馬蜂的注意。

「誰來把這個可惡的馬蜂窩給找出來？」一名婦人因懼怕而憤怒的向大夥兒提出。

鎮民們交頭接耳，最後一致看向爸爸這邊。

爸爸知道自己不可能推掉這項危險任務，於是先口頭答應。

「各位鄉親，天色很晚了，容易受馬蜂攻擊。等明天放晴，我再帶捕蜂工具過來偵察，請大家放心。」

爸爸把蜜蜂的健康證明書拿出來展示給圍觀的鄉親父老。

「請蜂友們注意。我有三點要項跟大家報告。第一、蜂之屋飼養的蜜蜂都很健康，相關的蜂蜜產品安全可口，五點以後全面七折，歡迎舊雨新知光臨。第二、我知道最近蜂蜜不好銷售，若您的養蜂場仍存有老蜜，我願意收購幫忙販賣。第三、若您擔心受到蜂蟹蟎的威脅，可以向蜂農會登記索取防蟎片，我父親已經在製作中了，完全不收費用，一起共度難關。以上，謝謝大家。」

蜂農們給予爸爸熱烈的掌聲，贊同他出錢又出力。在場的蜂農陸續進到邱阿公店裡登記數量。其他鄉親轉向蜂之屋搶購麵包和醋蜜，店裡的產品瞬間銷售一空。

「你厚，什麼時候變機靈了？」邱阿公擺出認同「你幹得不錯」的表情。

「是我爸交代的啦。」爸爸知道長輩們的交情，這麼說是合情合理。

「他們以為我不知道平時大家都是怎麼看待我這個乖孫的，做人不要太超過，天公伯都知道。」邱阿公轉頭對我說：「小畢，聽說你作文拿獎狀喔。改天來教我家阿弟仔唷。」

「沒問題。」我滿口答應。

邱婷婷從店裡面出來，替弟弟換冰敷袋，並且鄭重向簡真道謝。「謝謝妳救了我弟弟。」

「小事一件，不用客氣啦。」簡真靦腆的回答。

「別聽鎮民亂講，我媽只是回去 asang[4]（部落），她每個月還是會帶好吃的東西來看我和弟弟。」邱婷婷第一次說關於她媽媽的事。

見她們兩人和好，盡棄前嫌，我比誰都開心。不過，她們看我的眼神卻不一樣了。

回家路上，我問爸爸：「天底下怎麼會有媽媽狠心不要自己的小孩呢？蜜蜂也會這樣嗎？」

「有些會，有些不會，每個家庭各有各的不幸，像你媽媽就不會。不過蜜蜂的社會什麼事都可能，有一次我在簡真家果園挖蜂，曾經目睹女王蜂正在吃小蜜蜂。」

「天啊，這是真的嗎？」我害怕爸爸接下來講的動物行為。

「生物界無奇不有，你不是愛看探索頻道和動物星球，幹麼大驚小怪的。」爸爸交代我。「對了，奶奶的蜜蜂百科沒寫到這些，記得補充。」

沒等爸爸交代，我已牢牢記在腦袋裡了。

我好像有點懂邱婷婷為什麼講話老是帶刺，那是因為她想保護自己不受傷害，同時也拒絕別人的擁抱。可令我佩服的是，她沒有像小蜜蜂一樣失去女王蜂就自生自滅，反而更加堅強。

經過這件事，我學會站立當事人的立場，去理解別人的處境。

如果養蜂鎮民的口舌，都隱藏著一根毒刺，要是沒有牢得密不透風的防護，隨時都有可能會被螫疼。如果我們能摘除身上的痛楚，不必在乎誰來嘲弄，生活的苦也能吞下肚。如果我們彼此影響，彼此信任，還有什麼瘋言瘋語能將無關的爭議當作一道餐桌上的菜餚呢？

4. 蜂窩：布農族語，也有部落、家鄉的意思。

17 等蜂起時沉默

他們十分年輕；土地卻不是，
土地疲憊不堪，
被黃蜂螫傷的心
只想死去。

——安德拉德《水中熱愛火焰》

我和爸爸埋伏在池塘，翻遍野薔薇花叢，等待馬蜂出任務。

等了一個上午，有蟲有鳥有太陽，就是沒有馬蜂。池塘裡的烏龜已經伸出頭來看我們好幾回。我牢牢緊握捕蜂網，頹坐在草地上，一臉被放鴿子的鳥樣。

「小時候，你爺爺偶爾會帶我來池塘邊玩，他釣大魚，我捉蝴蝶。」爸爸回憶起童年往事。「鎮中心沒那麼繁榮，一天只有兩三班公車。你奶奶買一輛腳踏車給我代步跑腿，一有空檔，我就騎車到處挖蜂，常被叮得滿頭包，臉腫得跟釋迦差不多。」

「哈，沒想到爸爸小小年紀就會『招蜂引蝶』呀。」

「呃，我就皮啊。一般來說，沒有招惹蜜蜂，蜂群不會主動攻擊人。」

「可是，為什麼馬蜂會攻擊阿弟仔呢？」

「有可能愛吃甜食的阿弟仔引起馬蜂的注意，也可能是人為因素惹火馬蜂。畢竟，蜜蜂是黃金。在養蜂鎮，人人都知道不管是蜂窩、蜂蛹還是蜜蜂本身都能賣個好價錢。」

「難道馬蜂知道我們要捉牠們嗎？」我納悶不解。

「天氣、風向和蜜源都可能影響牠們決定怎麼飛。牠們會把巢穴築在泥土洞裡，泥土的顏色是天然的遮蔽，非得等馬蜂開始活動，進進出出，才會機會發現洞口。」

說時遲，那時快。一個帶著金黃色的黑點嗡嗡快速在我們眼前繞飛，是一隻壯碩的馬蜂，停在野薔薇花蕊上採蜜。我們悄悄接近，用捕蜂網罩住牠。

「終於逮到你了。」

我們像特務間諜一樣必須在目標身上設置追蹤器。爸爸輕輕掐住馬蜂，把穿過絲線的白塑條圈住牠的頭部。我們找到一處視野良好的地點，釋放馬蜂自由。

「飛吧。帶我們去你家吧。」爸爸打開透氣的蜂罐。

只見一只白色布條衝上晴空，像風箏似的隨風飄揚，清晰可見。馬蜂費力想擺脫身上惱火的外物，左右搖擺。我們盯著牠彎彎繞繞的飛行路線，先到蜂之屋上方轉一圈，「S」形往山那邊，繞水庫一周，朝果園的方向飛行，最後落在竹林小學後面。

「爸爸，牠往下衝了。」我興奮的指著大概的方位。

「沒想到馬蜂窩會在你學校後面的竹林裡。」爸爸慶幸的說：「還好學校現在停課，沒太多孩童。走吧，我們去捉蜂。」

我們準備好重達三十公斤的行囊，裡頭有蜂衣、白酒、收蜂籠，開車前往竹林收蜂。

瑟瑟的風聲在竹林裡迴盪，我們循著嗡嗡嗡的振翅聲，找到幾隻外

勦蜂，跟蹤牠們來到一處堆高的土坡壁，土坡依稀露出盤根錯節的竹鞭，就在內凹處有個隱密的洞穴，不斷有馬蜂進出。

「找到了。開始收蜂吧。」爸爸打開背包，我們分別穿上全罩式的蜂衣。

他不斷拍打土牆，觸摸到一處軟土。「蜂巢應該就在這個地方，我們得先引出巢內的前鋒部隊。」

爸爸拿出收蜂籠罩住洞口處。洞口的守衛蜂發出警訊，震耳欲聾。

果然，數百隻的蜂群傾巢而出，透明的蜂籠變得黑鴉鴉一片，也有蜂群從側面的縫隙鑽出，場面混亂。

沒被收籠的馬蜂一隻隻襲擊我的蜂衣，劇烈的衝擊波動著我的身體。我拿著捕蜂網，網羅追捕逃出的守衛蜂兵，滿網後，通通倒進白酒瓶裡。

「浸泡在酒水裡的馬蜂，好像喝醉了。」上次我偷喝蜂蜜酒的時候也是這樣茫。

爸爸用鋤頭開挖洞穴，不小心敲到一塊石頭，鐵鍬應聲鬆落。洞口的守衛蜂已警覺外敵入侵，洞裡的聲音越來越大。

爸爸趕緊修復鐵鍬，繼續挖土。

「看到了！」

爸爸伸手進洞裡取蜂巢，先後取出兩塊餅狀的蜂巢，焦糖色的蜂巢一共有五層，一層一層布滿蜂蛹和巢蜜，還有小蜜蜂的殘骸。

「老天，這原本不是馬蜂的窩。強勢的馬蜂搶占弱小的蜂巢，也就是說，不久前兩團蜂群發生過激烈的械鬥，殺紅了眼的馬蜂才會無差別的攻擊人。」

「馬蜂不想採集花蜜，直接盜走其他小蜜蜂辛勤工作的成果，真可惡！」

「可惜這些小蜜蜂還那麼年輕就無家可歸，只能四處流浪，也活不了多久。」爸爸加快處理動作。「盜蜂是最常見的弱肉強食。而我們算是螳螂捕蟬，黃雀在後。小畢，動作快一點，流淌的蜜，會再吸引其他聞香而至的老蜂群過來。」

爸爸和我剝開蜂巢和蜂蜜放進袋子，前後花了將近兩小時。

「估計有二十斤重。」爸爸用手感秤秤重量。「小畢，你先回貨車那兒等我，我還有收尾的工作。」

我提著蜂巢和蜂蜜，放進車斗，心跳的速度很快。我們剛剛拆掉蜂窩，搶走牠們的一切。一股莫名衝動的不安驅使下，我打開蜂網，釋放馬蜂。

馬蜂像一縷悶燒的黑煙衝出，原以為牠們會逃跑的飛行路線，卻突然轉彎攻擊我，一陣戰慄的刺痛穿透我的頭皮。

隨後趕到的爸爸用身體護住我，直到馬蜂離開。他叫我別動，幫我挑出蜂針，還有未爆的毒囊。

「好險毒液沒散開。馬蜂的憤怒沒那麼快平息，別太大意。」爸爸叮嚀我。

我心有餘悸的回想，要是剛剛我全打開蜂網，恐怕早就死翹翹了。

「爸爸，奶奶是不是被馬蜂咬死的？」我終於問出胸中的猜疑。

爸爸遲疑一會兒。「我也不是很清楚事情是怎麼發生的。我和爺爺都認為是自然死亡。」

「聽莫醫師說，奶奶在研究蜂毒，那麼她是不是飼養馬蜂？」

「嗯，沒錯。她瞭解馬蜂，認為可以控制牠們。奶奶發現被馬蜂螫過後，身上風溼關節炎的情況獲得改善。但是，這不是人人都能接受的方法。如果鎮民們知道有馬蜂窩在我們的養蜂場，事情就會變得複雜。」

「有一件事我不明白，既然馬蜂不會無端攻擊人，那是誰招惹了馬蜂？」

「小畢，別再問了好嗎？對活著的家人來說，真相是蜜也是毒。不管是誰造成的，事情都已經過去了。」爸爸收拾好裝備。「媽媽還在等我們回家。」

我們心中奏著凱歌，帶著斬獲的馬蜂窩回到鎮上，鎮民們紛紛靠攏過來。

爸爸在邱阿公的店門口割蜜給想吃的鎮民。

「真甜。瞧這琥珀色澤，是老蜜。五折給我全部帶走。」一個老馬識途的山產店老闆出價買下。「你運氣不錯，比你爸上次賣給我的那一批的品質還要好。」

「這個嘛。」對方開出的價格，使爸爸既尷尬又難以拒絕。所謂的「上次」已經是數年前的事了，山產店老闆卻想在這筆交易中占盡便宜。

「我們店旁有顆柿子樹，築了一巢樹蜂，改天來幫我摘除吧。」山產店老闆射出第二發利箭，想討一次免費服務。

「再約個時間吧。」爸爸趕緊打包，只想快點結束。

「我聽說你鎮中心的那間店常繳不出貸款利息，要是需要幫忙，儘管找我。」山產店老闆的第三發利箭，正中不可碰觸的紅心。

「多謝，我們撐得下去。」爸爸握緊拳頭，忍住怒火。

山產店老闆像鯊魚一樣巡弋之後，樂悠悠的離去。

我氣乎乎的瞪著這個吃人不吐骨頭的傢伙，「根本是趁火打劫！」

「他是養蜂鎮最大的地主，高爾夫球場是他的土地之一，那塊地原本是邱阿公的，被他買走。面對人類的強群，稍有不慎，就會奪走我們的小小幸福。我和你說過，弱小的蜂群沒有正面對抗的能力，為了避免滅群，必須要擇地而居，盡量把蜂巢隱藏起來。我們也一樣。」

「我覺得會去惹馬蜂的絕對是他的詭計。」

「別亂猜，小畢。我們只是想找個替罪羊來彌補失去的缺憾。」

「可是，萬一他老是找我們麻煩呢？」我心底想著最壞的狀況。

「真要這樣，我也會抽出身上最後的刺來反抗。走吧，小畢。我們還得上山去找爺爺拿做好的防螨片。」

在養蜂鎮，我終於懂得人身上的汗水或是淚水，都是太陽的眼淚，都不該白白浪費。

18 春天迷失在你家果園

它使憂愁向太空中蒸發消逝，
它給頭腦和蜂箱裝滿了蜂蜜。

——波特萊爾〈太陽〉

爺爺曾說第一種迎接春天而開的花，就是杏樹。在希伯來文中，杏樹的雙關語意還有代表造物之神提醒人們保持對神的敬畏，祂正留意你的成就。

B12從沒讓我失望，短短幾個月便發展成強大的「B群」，從一個蜂箱成長到六個蜂箱。育蜂的成就感滿滿寫在我臉上。

「可惜，女王蜂的生命週期約三四年，雖然已經比其他工蜂雄蜂長壽，可再過幾年，她就成了老姑娘。你能為她做的就是提供好的食物。」媽媽語重心長的對我說。

她的信念一直如此，無怨無悔為家人做飯，也提供新鮮的蜂蜜產品給消費者。

「爸爸，既然杏樹是只有蜜蜂才能傳播授粉，無論如何我都想試一試，到底栽種杏樹會有多難？」

「我來想想辦法。怎麼能讓你錯過觀察整個授粉過程？」

爸爸為我向簡真家要了幾株杏樹。我決定種在一號養蜂場附近。

「你可以種一些兔子愛吃的草嗎？這樣我就可以安心帶瑞比去

玩。」簡真一臉認真。

「妳要累死我啊？我在睡覺的時候，草在瘋長。除了種樹、養蜂，還要除草。我怎麼有時間寫詩。」

「為什麼不行？」簡真反駁我老是找藉口。「詩人與自然相處才有靈感的泉源。來年的春天將迷失在你家的果園。」

我好訝異簡真脫口而出的詩句，或許她說得對，萬物都可以寫進詩裡。

就這樣，我的小學生涯在疫情的衝擊與養蜂場的忙碌中結束。唯一的遺憾是我們沒有畢業旅行，也沒有舉行盛大的畢業典禮，只有拿著畢業證書和一塊笑起來詭異的校長人型看板合照。我戴著口罩，只露出眼睛，洩露不出微笑。

我懷疑多年後還認不認得這張畢業照，也好，至少我有機會長得更帥氣。

我和簡真、邱婷婷升上同一所鎮上的國中。為了行動方便，爸爸買一輛變速單車給我，足以參加公路自行車賽的專業車型。

我的學習障礙面臨新的困難，繁重的課業一度讓我吃不消，更加焦慮不安。這次班導師要邱婷婷教我功課，但她說條件是每次得帶一條蜂蜜蛋糕給她弟弟吃。

「不是妳要吃嗎？」我覺得明明就是她吃的比較多。

「你真討人厭。」

邱婷婷搧開我，好像我是隻惱人的蜜蜂，誰叫我不小心刺破她包裝好的形象。

「我沒辦法正常讀寫，可不可以拜託妳一件事——我想講蜜蜂和我的故事，能不能協助我記錄下來？」我不再遮遮掩掩，承認我有學習障礙。

「這樣吧，再加一條蛋糕，我會助你一臂之力。」邱婷婷爽快的答應。

「謝謝。」我緊張到手心冒汗。

自從簡真和邱婷婷走進我的生活，我差不多嚇死過兩遍。這不算是最大的障礙。

要不是媽媽及早發現我的問題，尋求適切的方法，我的學習生涯恐怕中斷。這使我認清一件重要的事——雖然我沒有讀書的天分，但天性樂觀並且喜愛詩歌，多用耳朵和嘴巴去聽去說是活化我大腦的最佳學習方式——或許，我的天職是養蜂，將來經營一間蜜蜂生態農場。

偶爾，我會騎車去小木屋找爺爺。他和奶奶一樣，也患有風溼關節炎的毛病，痛起來的時候，只能乾坐在床榻呻吟。

「這該死的天氣，該死的風溼關節炎，該死的年紀！」

我一面聽爺爺抱怨，一面幫忙做好所有的蜂務、農務、家務。為了在邱阿公的店寄賣農產品，我們開闢另一畦高麗菜園，也在二號養蜂場種一整排杏樹。

「爺爺，你該不會也想被馬蜂螫，好緩解疼痛吧？」我擔心發生在奶奶身上的事，會在爺爺身上重演。

「小畢，我不是生物學家，我是養蜂人。我在蜜蜂身上取的是蜜，不是毒。」爺爺沒有生氣，只是用平日一樣的口氣說話。

「爸爸說鎮上比較不冷，你可以跟我們住在一起。」

「再說吧。我離開小木屋的話，奶奶會寂寞的。」

爺爺固執的以餘生繼續去愛著逝去的奶奶，就像蜂群一輩子無條件的去愛女王蜂，直到死亡降臨。

比較惱人的是杏林開花時，美得如落下一場春雪，吸引許多觀光客和網美來打卡，網傳的私房祕境，一傳十，十傳百，傳到山產店老闆耳裡，他興起了收購的賊念。

一個月黑風高的夜裡，貪吃的畢卡索吞下來路不明的肥肉。那一整晚，牠安靜得像綿羊，一聲吠也不響，直到天色轉亮。

隔天清早，露水凝重，好像掛了一夜的星斗墜落樹枝與草地，閃閃亮亮。

我和爸爸巡蜂的時候，驚見一號養蜂場的杏樹上掛著一窩馬蜂。我不知道這窩馬蜂是怎麼空降來的，它卡在枝枒的三角地帶，好像是擺上去的，樹下有可疑的泥腳印。

我們正想要處理這窩馬蜂時，山產店老闆率眾及鎮上的消防隊員來到養蜂場。

「就是他們畢家偷偷飼養馬蜂，造成公共危險。」山產店老闆指證歷歷。

「飼養？」爸爸十分不解。

「對，你們意圖不軌，養馬蜂攻擊善良的鎮民。」

「所以有人受傷嗎？」

「我呀。瞧瞧我手上的傷。」山產店老闆秀出被馬蜂攻擊的腫傷。

「絕對不是各位想的那樣，一定是有人惡意盜蜂，讓我家損失慘

重。依我看，你腫得像章魚腳的雙肘，恐怕是抱著馬蜂窩造成的吧。」
爸爸再也不想替他留點情面。
「口說無憑，你有什麼證據？」山產店老闆一臉惡相，咄咄逼人。
「請大家散開，讓我來摘證據。」爸爸爬上樹梢，小心翼翼取下馬蜂窩。
眾目睽睽之下，爸爸拆開蜂巢，巢內除了幾隻奄奄一息的老蜂，也沒有女王蜂。
「這窩馬蜂是空巢，沒多久就會滅群，實在沒有什麼攻擊力。是有人惡意栽贓吧！卻又不懂蜜蜂的習性。你們瞧它連分泌蜂蠟保護蜂巢的基礎防衛都沒有。」爸爸分析道。
「說的沒錯，這是被丟棄的蜂巢，不曉得是誰放的？」消防分隊長憑良心講。

「是他，就是他！」我扳下賊人衣角殘留的巢塊，拿去貼合缺了一角的馬蜂窩。「完全吻合。」

見計畫失敗，山產店老闆夾著尾巴，悻悻然離去。從此之後，鎮民們不再聽他造的謠。

「幹得好，小畢。」爸爸一手攬住我的肩膀，我已經高過他的肩膀。

會說話的畢敬特別喜歡喊。「BB棒。」

抱著妹妹的媽媽臉上瞬間三條線，覺得很難聽，立刻糾正發音。「是哥哥棒。」

真是我的好妹妹。沒有枉費我讀小時候媽媽唸的故事繪本給畢敬聽。

有一次她雙手亂揮，輕聲說。「Be。」

一旁的媽媽聽見，放下手上的麵團，整個人的臉部表情僵凝好幾秒。

所幸畢敬的小手指像根探針，輕輕移動到字母B的位置。我們全家才放下心中的大石頭。

為迎接美麗的春天，我們一家人圍坐在盛開的杏樹下野餐，一起守望著得來不易的幸福。在滿園生機蓬勃的此時，天空的彼端，彷彿浮現奶奶微微一笑的臉龐。

雖然世界上的文字跟蜜蜂一樣多得數不清，但我不會氣餒或放棄。不論在我眼前飛舞的是蜜蜂或是文字，我都要一個個捕捉住。

我的養蜂人故事講得差不多了。多虧邱婷婷幫我訂正許多要命的錯字，她難得認同我的努力。「你的語文能力進步好多喔。」

「當然，我可是蜜蜂認可的宇宙詩人。」我渾身散發著自信。

我們一起帶著稿件去找田覓覓老師。老師看完整個故事，欣慰的摸摸我的頭，「小畢呀，恭喜你掌握到適合自己的學習方法，故事挺有意思，老師幫你拿去投稿吧。」

真是棒透了。

語言在我體內慢慢滋養，像一陣春雨過後，溼地冒出的新芽。蜜蜂嗡嗡繞飛，在我耳際打著節拍。突然間，腦門接收到一股熱烈的宇宙能量，我趕緊匆匆記下一首詩，然後悄悄告訴蜜蜂。

萬物都有活著的權利，
接受自己的不完美，
每個生命都能活成一首詩。

蜂男孩

國家圖書館出版品預行編目 (CIP) 資料

蜂男孩 / 薩芙著 ; 王淑慧圖 . -- 初版 . -- 臺北市 :
九歌出版社有限公司 , 2023.10
面 ;　公分 . -- (九歌少兒書房 ; 297)
ISBN 978-986-450-601-9(平裝)
863.596　　　　112014357

著　　者——薩芙
繪　　者——王淑慧
責任編輯——鍾欣純
創 辦 人——蔡文甫
發 行 人——蔡澤玉
出　　版——九歌出版社有限公司
臺北市 105 八德路 3 段 12 巷 57 弄 40 號
電話／02-25776564・傳真／02-25789205
郵政劃撥／0112295-1

九歌文學網　www.chiuko.com.tw

印　　刷——晨捷印製股份有限公司
法律顧問——龍躍天律師 ・ 蕭雄淋律師 ・ 董安丹律師
初　　版——2023 年 10 月
定　　價——320 元
書　　號——0170292
I S B N——978-986-450-601-9
9789864506064（PDF）